湛庐CHEERS

与最聪明的人共同进化

HERE COMES EVERYBODY

CHEERS
湛庐

死亡的故事

Forty Tales
from the Afterlives

[美]
大卫·伊格曼 著
David Eagleman

李婷燕 译

北京联合出版公司
Beijing United Publishing Co.,Ltd.

大卫·伊格曼
DAVID EAGLEMAN

全球最受欢迎的脑科学家之一

脑科学实用化的未来引导者

脑科学是 21 世纪最重要的前沿科学之一，但至今，大脑仍然是人类认知的“黑洞”。作为世界顶级的脑科学家，大卫·伊格曼目前是此领域最受欢迎的一位。与其他脑科学家相比，伊格曼特殊的人生经历和别具一格的研究，显得有些“非主流”。

“摔”出来的脑科学家

8 岁那年，伊格曼到离家不远的一个工地“翻墙头”，不小心从墙头上掉了下来，导致他的鼻骨骨折。这一摔不过短短几秒钟，但当时伊格曼却感觉时间变慢了。即使 30 多年后的今天，他对当时的感觉依旧记忆深刻，并将它形容为“爱丽丝在兔子洞里翻滚时的感受”。正是这次特殊的经历，激发了伊格曼对时间感知的兴趣，引领他日后从事该方面的研究，并最终成为该领域最有话语权的专家之一。

“时间变慢”背后的原理是：身处危机之时，我们会对时间产生“预期”判断，多数情况下我们是在“回顾”时间，所以时间的长短体现的是记忆的密度。后来，伊格曼多次亲身尝试“零重力式蹦极”，成功地测试了这种时间感知差，验证了童年时期令他印象深刻的特殊体验。

烧脑神剧背后的科学顾问

在全球大火的烧脑剧《西部世界》第一季制作期间，伊格曼碰巧正与其中一位剧作家交流。当得知该剧组没有科学顾问后，他亲自飞往洛杉矶，同该剧的编剧和制片人展开了长达 8 小时的讨论，对剧中所有的核心问题提出了自己的想法。

到了第二季，该剧开始探讨“自由意志”的本质问题，这正是伊格曼最熟悉的研究领域，所以他亲自担任了这一季的科学顾问。在编剧阶段，伊格曼与编剧和制片人就“记忆”“意识”“人工智能的各种可能性”等展开了头脑风暴，用科学的态度完善了这个令人脑洞大开的科幻故事。

此外，他还担任过犯罪剧《罪案第六感》的科学顾问。

伊格曼曾获美国神经科学学会授予的“科学教育家奖”，该组织是世界上最大、最权威的神经科学组织。

文笔惊艳、想象奇崛的“脑洞大咖”

除了研究脑科学外，作为毕业于美国南方最高学府莱斯大学欧美文学系的学生，伊格曼还是一位文笔过硬的作家，其生花妙笔和奇崛的想象力让人惊艳。

以他的“自我进化”四部曲为例：《死亡的故事》脑洞大开，一推出即惊艳英美文坛，版权已销售到 30 多个国家和地区，并被改编成歌剧和电影，本书还启发了当代知名作曲家马克斯·里克特（Max Richter）创作出全新的概念音乐专辑；《自我的故事》是《纽约时报》评选出的畅销书，它将自由意志问题的科学化推向了高潮，影响广泛，也是施瓦辛格的枕边书；《大脑的故事》的影视版由伊格曼亲自编导，曾获得艾美奖提名；《创造的故事》的创作理念深得音乐大师安东尼·布兰德的肯定，安东尼也是本书的合著者之一。

伊格曼还深受英国国宝级演员史蒂芬·弗雷、哥伦比亚大学教授布莱恩·格林恩等人的推崇。

玩转科学与商业的发明家

伊格曼的“非主流”还体现在，他除了研究脑科学的理论外，更重视脑科学的试验、创造和实用性。

伊格曼是 BrainCheck 公司的创始人，该公司推出了帮助判断用户是否患有脑震荡的软件，还被评为 2017 年最具投资价值的初创企业之一。他还是 Neosensory 公司的联合创始人之一，该公司开发的“触觉反馈电子”（exoski）背心，在《西部世界》第二季和亚马逊“极客夏令营”中让人大开眼界。这款背心能增强人的感知，可以用于 VR 场景；也可以帮助聋哑人、盲人等有感知缺陷的人提升其他器官的感知力。

伊格曼还发明了用于认知障碍的早期检测和验证的设备，并获得了专利；他创立了神经科学与法律协会，体现了他对未来人工智能、脑科学伦理、法律问题的敏锐视角。此外，伊格曼曾被评选为休斯顿年度最时尚男性之一；曾登上意大利的时尚杂志封面，被评为“最聪明、最富创意的人”之一。

湛庐CHEERS 特别制作

伊格曼“自我进化”四部曲

献给中国读者

我们正生活在历史发展的一个特殊时期：破译人类大脑之谜的黄金时代。大脑是人们感知的基础，也是行为和现实的根源，对大脑进行更深入的研究，是脑科学家们为之奋斗的方向。

当前，科学正以前所未有的速度发展，科学家们也在努力弄清楚大脑的奥秘，以及生活的意义：我们的目标、希望和激情。

出于对脑科学的热爱，以及想让更多人认识人类的大脑，我成了一名脑科学家兼作家。我在这套书里写下了当下科学界已经了解的新发现，也探讨了科学研究尚未解决的问题。

对于科学和文学能相互融合，共同探索大脑奥秘与人性，我深感惊叹。我也很高兴能将最新的科学研究发现以文字的方式呈献给读者。

很高兴我的书有了中文版，我对中国的文化、语言和人民一直抱有钦佩之情。希望中国的读者朋友们喜欢这套书。

大卫·伊格曼

2019 年 3 月

目录

1
来生今世

2 人类的尺度

3 死亡没有精度

4 与神对话

扫码下载“湛庐阅读”APP，
搜索“死亡的故事”，跟随本书作者大卫·伊格曼
一起探索更多关于人类自身的未知之谜。

Sum

7

FORTY TALES FROM THE AFTERLIVES

来世今生

总和

死后，你会重温所有的人生经历。但这一次，所有往事将重新洗牌，以新的顺序上演，性质相同的经历集中到一起。

你花两个月的时间在家门前的马路上驾车穿行，用 7 个月的时间来享受鱼水之欢。你闭合双眼沉睡，如此度过 30 年；坐在马桶上翻阅杂志，这样度过 5 个月。

你一次性地承受生命中所有的痛苦，在剧痛中度过 27 个小时。骨折、车祸、皮肤割裂、生孩子一一上演。一旦熬过这一关，你的死后生活中将再也不会有痛苦。

但这并不意味着所有一切都快乐。你要花 6 天时间来修剪指甲，15 个月来寻找被搞丢的物品，18 个月来排队。有两年的时间，你是在无聊中度过的，呆呆地望向公共汽车的车窗外，或是安静地坐在航站楼里。你用 1 年时间来读书，看得眼睛痛。之后，由于还没有轮到洗澡的时间，你开始浑身痒痒。终于可以洗澡了，你花 200 天洗一场马拉松式的澡。你用两周时间思考死后发生的一切。意识到自己的身体正在衰老，用去 1 分钟；感到困惑，耗去 77 小时；发觉自己忘记他人姓名，用去 1 小时；认识到自己犯错，花了 3 个星期。撒谎，2 天；等绿灯，6 个星期；呕吐，7 个小时。有那么 14 分钟，你感受到纯粹的快乐。你用 3 个月来洗衣服，15 个小时来签名，2 天时间系鞋带，在心痛中度过了 67 天。你开车迷路了，在路上转悠 5 个星期。用 3 天时间计算要付给餐厅服务员的小费。在决定穿哪件衣服这件事上，你纠结 51 天。有 9 天，你假装自己很了解大家所谈论的话题。你花 2 周时间来数钱，用 18 天向冰箱里张望。有 34 天的时间，你在期盼着什么。你花 6 个月观看电视广告；用 4 周静坐沉思，思考能否利用时间做些更有意思的事。用 3 年时间吞咽食物，花 5 天时间来处理扣子和拉链。然后，你花 4 分钟思考……

如果将所有事件的顺序再次打乱，人生将会变成什么模样？在死后的这段时间里，你想象着与人间生活相似的事情，这种念想让你感到无比幸福。因为生活在人间时，人生的经历分裂成了一个个不那么痛苦难熬的小片段，每个片段都不会持续太久。生活在人间时，我们体验着从一件事过渡到另一件事的愉悦，就好像小孩子踩在滚烫的沙堆中，从这一堆蹦跳到那一堆一般。

朋友圈子

死后，你感到一些细微的变化，但一切似乎又一如往常。

你起床、刷牙、亲吻爱人和孩子，出发前往办公室。交通比平时顺畅，办公楼没有往日那么拥挤，仿佛今天是节假日。但办公室里的所有人都在场，他们友好地和你寒暄。你感到自己特别受欢迎。你遇到的每个人都是你的熟人。某个时刻，你突然意识到这就是死后的世界，这个世界由你生前认识的人所组成。

这里只有世界总人口的一小部分，大概占 500 万分之一，但对你来说，人已经很多了。

事实证明，这里只有你记得的人。

因此，你在电梯上匆匆瞥过的那位女士可能出现，也可能不出现。你小学二年级的老师在这儿，班里的大多数同学也在。这里还有你的父母、兄弟姊妹，以及多年来结交的朋友、所有旧情人、老板、祖母、每天午餐帮你上菜的服务员。这里有你约会过的人、差点儿约会的人，还有你爱慕过的人。

这是一个美妙的契机，你可以同几千个与你有关联的人共度黄金时光，重建已经变得淡漠的关系，追回那些已松手放开的人。

只是，这样度过几周之后，你开始感到孤独。

当和几个朋友在空旷安静的公园里散步时，你期待看到与往日不同的景致。但是，在空荡荡的公园长椅上，不会出现任何陌生人。有一家人正要将面包屑扔给鸭子，他们的欢声笑语令你面露微笑，但他们也都是你所熟悉的人。你走上街，发现路上没有人群，没有挤满工作人员的建筑，也没有繁华的都市。全年无休的医院消失了，再不见逝去的患者和匆忙奔走的医护人员。夜色中满载着归家旅客，呼啸而过的火车也不见了。外国人更是少之又少。

你开始思考所有不熟悉的事。你意识到，自己从来都不知道如何让橡胶硫化制成轮胎，而如今这些轮胎工厂都空空荡荡的。你从不知道如何利用沙滩上的沙子制作硅晶片，如何将火箭发射到大气层外，如何去掉橄榄的核，如何铺设铁轨……而如今，这些产业也都关门停业了。

消失的人群让你感到孤独。你开始抱怨可能遇到的所有人。但没人听你倾诉或向你表达同情，因为这都是你生前所做的选择。

焦虑

作为人类，我们会用毕生时间追求伟大而充满意义的人生。因此，当身体耗竭而亡时，死后的生活可能会让你震惊不已。我们会扩张成我们真正的样子，用人间的标准来说，那将是巨大无比的。在9个维度上，我们的身高都达到了10 000千米，和同样大小的人共同生活在天体公社之中。当我们拥有了真正的身体并再度醒来时，立刻会注意到，身边的巨人同胞们正感到忧心忡忡。

我们的工作是维护和支撑宇宙。宇宙坍塌迫在眉睫，因此，我们设计制造了虫洞，以此作为一种结构性的支撑。宇宙灾难即将爆发，我们只能夜以继日地工作，不能出现任何差池，否则宇宙将再次坍塌。这是一项复杂、精细而至关重要的工作。

经过3个世纪的辛勤工作，终于能放个假了，我们都选择了同样的目的地，决定将自己投放成为低维生物。我们将自己投放到渺小脆弱的三维身体中，也就是我们口中的人类身体中。于是，我们降生在地球这个度假胜地。这次度假的目的是为了体验渺小的生活。在地球上，我们只关心自己周遭的一切。观看喜剧电影，喝酒，听音乐；建立了各种关系，争吵，决裂，周而复始。寄生于人类身体中时，我们并不关心宇宙坍塌，相反，只关心眼神的交汇、肉体的碰撞，只关心爱人亲昵的口吻、各种声色犬马，只关心盆栽的朝向、画笔笔触下的阴影及发型。

这就是我们在地球上度过的美妙假期，其间还夹杂着小题大做和杞人忧天。对我们而言，这种精神上的放松显得无比珍贵。当这渺小脆弱的身体衰竭之后，我们不得不离开。于是，你常常会看到我们飘浮在太阳风里，手拿工具，眼角湿润地望着宇宙，向往着过上毫无意义的日子。

Sum

宏愿

身处自由市场经济的社会的好处在于，我们终于能够自己决定死后的生活了。一切都变得私人化和电脑化。你可以以一个合理公道的价格将意识下载到电脑里，在虚拟世界里长存不朽。

如此一来，若你希望在生命将尽时继续燃烧咆哮，可以选择充满速度与激情的死后生活，让幻想成真。

你可以预先设定好自己的爱人，将你的性吸引力调整到最大值，从十几辆保时捷跑车中挑选出你的最爱，驾车飞驰在电气化的城市中。你的肌肉更加发达了，还拥有完美的肤色和平坦的腹肌。数不清的崇拜者欢欣雀跃地等待着你。手机和飞行器是你的标准配备。你马不停蹄地赶赴一场又一场激情四射的鸡尾酒派对。

毫无疑问，人们翘首期盼着如此前卫的死后生活。

与成为虫子的食物相比，人们更愿意自己决定死亡的时间，选择过上尽可能完美的死后生活。只有那些宣称要等待进入天堂的宗教人士才会拒绝加入这一行列，他们希望在死后过上《圣经》中所描述的生活。

商家早已超脱了神的概念，试图向这些宗教人士解释，他们的幻想对于唾手可得的现实来说是一种诅咒。这些宗教人士反唇相讥，认为神给予自己的最伟大的恩赐是能够看到眼睛无法看到的世界，并对更伟大的事物心存信念。生意人反驳道，这不是什么恩赐，只是一个圈套罢了，就好比拥有了完美的伴侣却还惦记着遥不可及的电影明星。宗教人士仍然不肯加入，最后他们悄悄溜走了，选择在孤独的病床上平平淡淡地死去。

对其他人来说，过渡到虚拟的死后生活是毫无痛楚的。

当预设好的时刻来临，你走进一间办公室，躺在红色的牙科手术椅上。商家派来的护士向你保证，你将要体验到的不过是在这儿闭上双眼再立刻睁开，那时的你已经进入死后生活了，一个灿烂辉煌的虚拟世界。技术人员按下按钮，于是，一道激光将你粉碎。一组超线程处理器开始工作，以二进制的方式对你的大脑立体结构进行复制重建。

只是，有一点必须告知你：开发这一程序的神经科学家和工程师无法证明它是有效的。毕竟，当你被粉碎后，是没有办法进行反馈的。但通常来说，人们认为这种下载程序不会出现任何问题，因为所有的生理理论一致表明，若重建一个大脑结构的精确复制品，就能够产生与大脑主人别无二致的感觉。因此，人人都相信这个程序是有效的。

不幸的是，事实并非如此。

程序的失败并不能归咎于技术糟糕的工程师或道德败坏的奸商，而是源自对宇宙结构的错误理解。你无法下载灵魂，因为它将升入天堂，而商家根本不相信灵魂能以独立实体的形式存在。

尽管对自己选择的死后生活跃跃欲试，但到了最后，你会发现神的确存在，他克服了众多的艰难险阻，耗费了大量的物力、财力，为我们建造出一个死后的世界。因此，当你在柔软的云端上醒来时，会发现自己身着白色的罗马长袍，周围簇拥着弹竖琴的天使。

问题是，这并不是你想要的生活啊。

为了在死后拥有极速跑车、超凡的个人魅力和酒池肉林，你已经支付了一大笔费用。相比之下，天堂物质贫乏、了无生趣，令你绝望不已。你身着不合身的白色床单，而不是反重力飞行器；双眼所见的是没有尽头的白色圆柱，而不是电气化的都市风景；吃进嘴里的是灵粮和牛奶，而不是寿司和清酒；竖琴弹奏出的乐音缓慢得让你抓狂。而且现在的你和生前一样，毫无吸引力。坐在你旁边的几个大胖子正在打桥牌，而你百无聊赖。

近年来，这些失望的情绪把神置于一个尴尬的境地。如今，他要花大把的时间来安慰身处云端各处的子民。

“你们的幻想对现实来说是一种诅咒。”他紧握双拳解释着，“商家无法证明那种死后生活能够实现，为什么你们还要相信呢？”

虽然他没有说出口，但每个人都知道夜里躺在床上时他会想些什么：对于看不见的死后生活心存信念，是他给予人们的最伟大的恩赐，但这一恩赐却产生了适得其反的效果。

非自然死亡

当你来到死后世界时，技术人员会告诉你，一个千载难逢的机会正等着你。只要愿意，你可以实现一次改变，然后重活一次。他们的小册子上会提示，你可以选择让自己长高 5 厘米，或者让人间的所有人变得更具幽默感，或是让鸟儿开口说话。然后，你将重新运行这项选择，看看人间会发生什么。他们会骄傲地告诉你，这是一场别开生面的体验式教育项目。

这时的你，才刚刚出席过自己的葬礼，于是想到了一个聪明的决定：你想成为消灭死亡的人，要让死亡从我们的星球上彻底消失。

只是需要警告你一句：如果你选择了这项改变，一位态度温和的技术员可能会将你拉到一边，告诉你在上一次轮回中，你已经尝试过这条路了，这个选择必定会失败。

“你告诉我这个是因为这么做会让你丢掉饭碗吗？”你问。

“不会啊。”技术人员回答。

“那么，是因为死亡无法消灭吗？”你问。

“也不是。”技术人员说。

“如果是这样，那我还是想要实现这个愿望。”

“随你的便吧。”技术人员说。

于是，在新的轮回里，你成了一位医学领域的大梦想家。

你认为天底下根本就不存在自然死亡这回事，并募集了亿万资金开展研究。在病毒变异之前，你就利用电脑程序计算出它们可能产生的所有变异，并设计了预防性治疗方案来对付它们，还计算出各种药物对正常的生理周期所造成的具体影响。

这一激进的死亡对抗项目获得了成功。

当一位无法治愈的年迈女患者结束最后一次呼吸时，你终于可以宣布她的死亡是最后一例自然死亡。人们为此普天同庆。

所有人从此以后都能够永生不死，所有病痛从此以后都能够药到病除，老人会变得和年轻时一样身强力壮。终于，人们不用生活在死亡阴影的笼罩之下了。你受到了万人敬仰。

但到了最后，正如技术人员所警告的那样，你的成功开始悄然失色。人们逐渐发现，死亡的终结亦是动力的消亡。过多的生命最终沦为人民大众的鸦片。他们不再渴望有所作为，而是把更多时间花在贪睡上，争分夺秒的快节奏生活荡然无存了。

为了挽回曾经充满活力的生活，人们开始为自己设定自杀时间。

这种风靡一时的行为像是在效仿从前那些生命有限的岁月，但如今的人们有机会与人间告别，并妥善处理好自己的遗嘱，这使得设定自杀时间的行为更受欢迎。

这种做法在短时间内奏效了，让人们重振好好生活的决心。但后来，他们开始用敷衍了事的态度应对这种设定。要是人生出现了某些重大变化，比如开始了新的恋爱关系，他们就会简单粗暴地延迟自杀的时间。

就这样，一支完备的拖延症部队壮大起来。当人们重新设定自杀时间时，旁人会称之为死亡恐吓，以此来奚落他们。

为了推动自杀计划的落实，各种各样的社会压力也开始涌现。终于，在经历了无数次的滥用以后，人们通过立法决定，不允许变更预设的死亡日期。

最终，人们逐渐认识到，对活下去的动力来说，有限的生命与不可预料的死亡时间都是必不可少的要素。因此，人们开始为死亡时间设置一个时间区间。

在全新的机制下，朋友会为我们筹办惊喜派对，这种派对的形式与生日派对无异，但他们会从沙发背后一跃而起将我们杀掉。

由于不知道朋友会在何时为你筹办这个派对，你会重拾早年间曾秉持的“活在当下”的人生态度。不幸的是，人们开始滥用这种惊喜派对，利用杀人合法的保护伞来消灭自己的仇敌。

最终，大群暴徒闯进你的医学大楼，踢掉了电脑插头。新一轮的普天同庆开始了，人们这次庆祝的，是非自然死亡的生命走到了尽头。而你，终于回到了技术人员的等候室。

量子物理学

在死后世界里，一切事物能同时以所有可能的状态存在，即便是互相排斥的状态也可行。而在人间，你做了一种选择就再也无法同时做出其他选择了。一旦成为某人的伴侣，你就不能再同时成为其他人的伴侣；如果选择走进这一扇门，你就无法同时走进其他门里。因此，死后世界的这种设定让你感到极为震惊。

在死后世界，你可以同时享有所有的可能性，同时过上不同的生活。同一时间里，你在吃东西，也没在吃东西；你在打保龄球，也没在打球；你在骑马，身边也根本没有马。

一位温柔的蓝色天使轻轻地降落在你身边，想看看你在死后世界里过得怎么样。

“对可怜的人类脑袋瓜来说，这一切太混乱了。”你向天使坦白。

天使摸了摸他的下巴，说：“也许我们可以用一种更简单的方式帮你适应这一切，比如说工作一天。”

你立马开始从事各种相互冲突的工作。你同时打起好几份工，你年轻时曾经考虑过的各种职业都有。同一时间里，你在为火箭发射进行倒数，在陪审团面前为涉嫌触犯刑法的委托人辩护，清洗双手为下一台胆囊切除术做着准备，同时又开着大卡车行驶在某条公路上。时间和地点的限制已荡然无存。

“这也太多了吧！”你对天使说。

“或许，我们可以用更加简单的情景帮你做好准备。”他说，“你喜欢和爱人单独待在室内吗？”

于是你马上来到了他说的地方。

你在跟爱人讲话，同时又在思考其他事情；她专心地听你说话，同时又心不在焉；你有点嫌弃她，但又深爱着她；她爱慕着你，同时又考虑着她有没有错过其他人选。

“谢谢你，”你对天使说，“这才是我习以为常的生活。”

Sum

镜花水月

在死后世界，你应邀坐在一间巨大而舒适的休息室里，那里摆放着皮革家具和一排排电视监视器。数不清的监视器发出蓝绿色的荧光，将整个世界呈现在你的眼前。你可以控制耳机播放的音频，也可以通过遥控器切换天体摄像机的角度，以便抓拍到你想观察的举动。

如此一来，虽然你已脱离了人间的生活，但可以监视人间的进展。如果认为这么做无聊透顶的话，那你就错了。这件事极具诱惑力，人们为之着迷不已。你学习了如何操纵监视器，花了许多时间和精力来关注子孙后代的人生结局。值得监视的有意思的细节太多了，一旦坐下来，你就目不转睛地盯着监视器。

理论上说，你想看什么都可以，随你的便。你可以选择监视某个家伙在家里的私密生活，也可以选择监视想搞破坏的人所实施的秘密计划，还可以选择战事发展的细节。

但是，我们不会选择观看这些东西。我们会选择监视的只有一件事情，那就是我们给世界留下的影响，我们在世间留下的足迹。

你会对自己创办或领导的组织进行监视，看它是否取得了成功；会看看自己捐给当地宗教团体的书籍到了谁的手里，又是谁正怀着感恩的心在阅读；会目睹一个劲头十足的小女孩，穿着粉红色的鞋，爬上了你种下的枫树。这些都是你留在人间的足迹。你可能已经离开了这里，但你的印记仍未消失。现在你还能看到所有这些印记。

你还能监视那些过了很久才能水落石出的事情，这也让你备感开心。你决定监视你的孙子，他是一位胸怀抱负的剧作家。他坐在公园的长椅上沉思，在本子上涂写自己构想的情节。你可以用几年的时间来追踪他功成名就的过程。在你进行监视时，会有服务员把装有三明治和咖啡的餐车推到你身边，只有晚上睡觉时你才需要离开。第二天你回到这儿，在门禁处掏出会员卡一刷，然后挑选一个好座位，就又可以度过一天了。

问题是，所有人的会员卡都会在某个时刻过期，这意味着此人无法进入放映室了。那些无法进去的人会成群结队地聚集在大楼外，跺着脚，没完没了地问：“是我们做错了什么吗？为什么别人能进去看而我们却不能进去呢？”

他们也想看看他们所做的贡献如何改变了世界，也想看看他们的子孙会变成什么模样，想要见证家族的飞黄腾达。而现在，他们只能安慰着彼此的伤痛。

但他们不知道事情的真相。因为没法进去，他们就不会看到自己的组织裁员了，心爱的人因为癌症而逝世，胸怀抱负的剧作家孙子一事无成，最终在驾车求医的路上咽下最后一口气，孤独地离开了人世。他们没机会看到社会风俗的变迁，没机会看到自己的曾曾曾孙子改变了宗教信仰，没机会看到自己的血脉后继无人。他们也不会看到昌盛一时的宗教走上了地狱判官、宙斯和雷神的旧路。

此刻，他们还在跺脚和抗议。他们不明白，无缘看到未来是一种幸运。而罪人受到诅咒，将永远待在蓝绿荧光的监视器前，目睹一切上演。

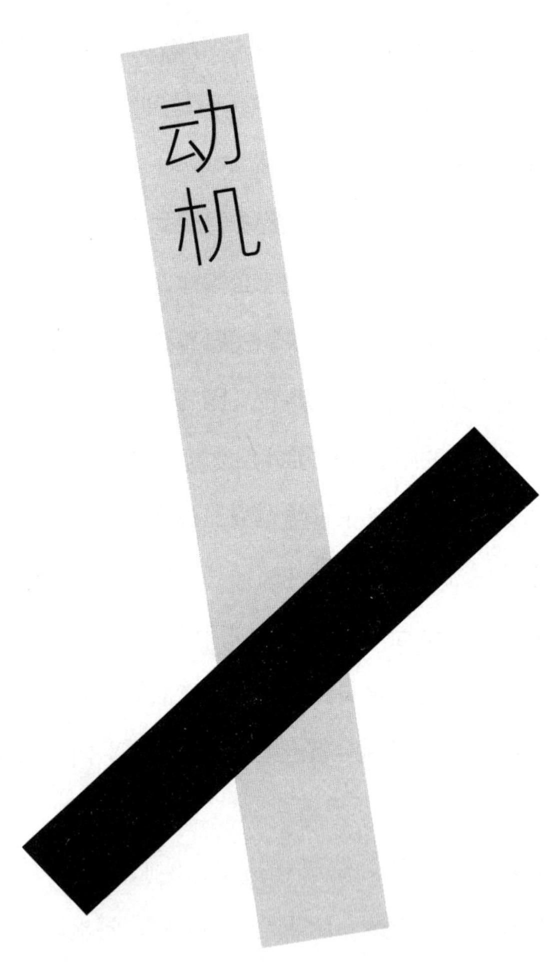
动机

即便在现代推理技术的帮助下，我们也很难想象自己的死亡。这并不是因为我们缺乏洞察力，而是由于“死亡”这个概念本来就是虚构的。根本就不存在死亡这回事。某时某地，当你认为这次自己肯定会死掉的时候，比如说你遇到严重的车祸时，你就会明白这一点。你会惊奇地发现自己并不觉得痛。周围的目击者会大笑着把你拖出车子，拂去你身上的玻璃碴子，并向你解释发生的一切。

事实上，你周围的人都是演员。你和他人的互动基本上全都是他们根据自己的脚本来演绎的。所谓的“死后生活”就是这场游戏的开始。

在这个开诚布公的时刻，你会感到难以接受，这一点我们非常理解。当你从车祸中清醒过来时，你会想：我的爱人又是怎么回事？我们的关系是怎么一回事？夜间的耳语都是虚构的吗？都只是排练好的台词吗？还有我所有的朋友，他们都是演员吗？我的父母也一直在演戏吗？

请不要灰心绝望，事情并没有你想象的那么糟糕。如果你认为其他人都是演员而只有自己是另类的话，那你就大错特错了。大概一半的人是演员，而其他人就和几分钟之前的你一样，是受益者。因此，你的爱人很可能跟你是同一条船上的人，你们都被蒙在鼓里，而现在，你有义务成为她的演员，让她觉察不到任何改变。这就像出轨的伴侣，要努力让自己表现得一如往常。你可能还要成为其他受益者的演员，比如你的上级、出租车司机、服务员。

作为一名演员，你可以看到幕后的一切。当你结束与受益者的对话并退出房间后，你发现自己来到了后台的等候区。这里的墙是由倾斜的木板支撑起来的，摆着沙发和自动贩卖机，你可以从机器里拿零食吃。在等待下一次出场的过程中，你和其他演员闲谈起来。你的下一次出场会在下午 12 ： 53，你将假装在地铁站里和某个人发生了意外的口角。

每一次出场前，你会得到一张卡片，上面有一小段脚本。通常情况下，脚本上的指导语只描述了一个大概。比如说，你需要在遇到受益人时表现出十分惊讶；或者，你需要假装自己刚买了一条狗；或者需要表现出为工作感到忧虑的样子。另一些情形下，指导语会描述得很详尽。比如说，你需要在对话中的某个时刻提到一本新书的书名，或是点名提到一个双方都认识的朋友。

理论上来说，其他演员会在同一周内完成类似的任务，这就会引导受益人冒出新的想法，或是参加新的聚会。

于是你背诵着简短的脚本。无论下一个场景是什么地方，只要穿过大门，你就会到达那儿。你可能会来到饭店的洗手间；或是进入博物馆的礼品店，你的朋友正在那儿等你；或是来到熙熙攘攘的人行道上，你要和另一位演员手挽着手被人撞见。

对受益人来说，每一扇门背后的世界都是在他们进入之前刚刚建成的；对演员来说，世界上所有的门都是出入等候室的通道。我们不知道导演是如何动态地构造出这个世界的，更不清楚他们的目的是什么。我们只被告知，作为演员的义务终将会有结束的那一天，之后，我们就会去一个更好的地方。

有一天，你决定不再继续欺瞒受益人。你可能会朝着导演的对讲机吼叫，说你不会再给他当卧底了。这是很典型的反应。但你很快就会妥协，一本正经地表演你的戏份。我们对导演一无所知，但我们知道他足够聪明，能让我们乖乖就范，做我们不想做的事情。

为什么我们要一本正经地表演自己的戏份呢？为什么我们不罢工，或者将真相公诸于众？原因之一是你爱人脸上所流露出来的真诚。她对意外之事表现出强烈的情绪反应，对缘分和天意怀有忠实的信念。她深深地卷入了这个充满可能性的世界中，眼里流露出动人的真诚。而你，受困于此。

但实际上，还有一个更深层的原因驱使着你如此卖力地表演：如果你演得够好，就能尽快结束这份工作。那些最优秀的表演者能得到无知的奖赏，他们会投胎转世，成为不谙世事的受益人。一直以来，你手里紧攥着揭开真相的大好机会，但导演胸有成竹，深信你不会做出这样的举动。他们知道你会继续沉沦在这场欺骗中，保护谎言不被揭穿，直到你最终转世投胎的那一天。

蓝图

我们期待在死后世界里找到答案。在死后世界里，我们交了好运，获得了揭开真相的终极恩赐，得到了一瞥底层代码的机会。

一开始，当发现自己是由巨大的数字集合表征的，我们对此感到大为震惊。在死后世界开始正常生活后，我们可以用心灵之眼看到数字组成的巨幅景致，向着各个方向延伸，直到消失在视野的边界。这些数字表征着我们生命的方方面面。在宽广的平原之间，我们看到数字 7 所表征的岛屿、数字 3 所表征的丛林和数字 0 所表征的河道支流。它们的规模和数量令人叹为观止。

当你和爱人相处时，也可以看到她的数字，并看到她的数字与你的数字产生互动的过程。她可爱地嘟起了下嘴唇，想要得到你的关注，而你的数字会因此产生级联作用，开始特技表演。数值像瀑布一样翻动。于是，你目不转睛地盯着她，情意绵绵的话以空气压力波的形式通过你的嗓子，从口中吐出。当她开始加工这些话语时，她的数字也开始翻转，产生变化，这些变化在她的系统内荡起了层层涟漪。通过她的数字的状态，你可以看出她回应了你的爱慕。

来到这儿的第一天下午，你就已经意识到：天，这一切都是决定好了的！难道爱情仅仅是一场数学运算吗？

看过了足够多的代码后，你开始对成因与责任形成全新的认识。当一只猫从司机的车轮前经过时，你目睹了猫的数字改变引起司机的数字改变，从而导致他踩下刹车的过程，并理解了你所目睹的一切；当猫跳起来的时候，你甚至能够看到从它身上跳走的跳蚤的代码。现在你明白了，猫会不会被车撞上这件事，并不在任何人的掌控之中，而是全然受控于这些数字，它们以一种美妙而必然的方式结合在一起。但同时我们也认识到，数字构成的网络是如此庞大复杂，故而已经超脱了简单的因果关系。面对这些高智能的模式流，我们也变得开放起来。

如果你认为我们会在天堂接受了这一启示的恩典，

那你只说对了一半，因为它也是地狱里的人将要承受的惩罚。一开始，赏赐派希望将其作为一种恩赐，但惩罚派马上决定要将它作为一种折磨，通过揭露生命冷酷的机械属性，来榨干人生的愉悦。

到底哪一派从这一工具中受益更多呢？现在，赏赐派与惩罚派正为此争得不可开交。人类是会青睐这些发现，还是会深受其苦？

当你下次在死后世界追求一位新的恋人时，比如在巧遇后与她共饮一杯时，要是赏赐派与惩罚派都悄悄出现在你的身后，请不要太过惊讶。赏赐派会向你耳语："能理解这些代码是不是棒呆了？"惩罚派则会朝你的另一只耳朵低语："理解了吸引的机制后，整个人生有没有就此毁掉？"

在死后世界里，这样的场景随处可见，这表明两派都大大地高估了我们。在这场游戏结束时，双方永远都会失望而归，因为他们到最后会糟心地发现，知道事件背后的秘密并不会对我们的体验造成太大的影响。

生命的密码是恩赐也好，是负担也罢，我们对它们没有半点的青睐。赏赐派与惩罚派再一次鬼鬼祟祟地走到你的身边，想弄明白，为什么知道了美酒背后的代码却不会削弱它给你的味蕾带来的愉悦，为什么知道了心痛是一场必然却不会减轻它给你带来的痛苦，为什么了解了爱情的机制却无法改变它摄人心魄的魅力……

Sum

虚拟人生

在死后世界里，对你做出裁定的不是其他人，而是你自己。说得更清楚一些，是你差点就能成为的人。

死后世界与现实世界极为相似，但死后世界里存在着各种你差点就能成为的人。在电梯上，你可能会碰到更有成就的你，也许是决定提前三年离开故乡的你，或者是在飞机上恰好坐在某公司总裁旁边从而受雇于该公司的你。当你遇到这些自己的时候，你感到一种骄傲，就好像为你成功的表亲所感到的骄傲一般。虽然这些成就并不属于你，但你总是感到冥冥之中和他们存在着联系。

但在不久之后，你就产生了低人一等的感觉。你遇到的并不是真实的你，而是更好的你。他们的选择更聪明，工作更努力，投入了更多的精力来完成不可能完成的任务。最后，这些任务被他们完成了，让他们的人生轨迹迈向了全新而精彩的方向。

我们无法将这成功解释为他们拥有胜人一筹的基因，其实他们只是把手里的牌打得更漂亮罢了。在平行人生里，他们做出了更好的决策，避免犯下道德缺失的错误，没有对爱情轻言放弃。他们比你更用心地纠正自己的过错，也更为频繁地表达自己的歉意。

最后，你无法继续在这些“优等你”的身边出没了。纵观自己的一生，你发现自己从来没有感受过如此巨大的竞争压力。

你试图混入“劣等你”的圈子中，但这样做并不能削弱你的痛苦。事实上，你对这些劣等的自己根本产生不了同情，倒是为他们的懒惰感到不屑。当你乐意与他们打交道时，会告诉他们：“如果你能戒掉电视，离开沙发，你就不会沦落到这般田地了。”

不过，在死后世界，那些“优等你”总是出现在你面前。在书店里，你会看到他们中的一员正与你心爱却错过了的那个女人手挽着手；另一个你在浏览书架，用手指抚过你没写出来的书；再看看窗外小跑过去的那个你吧，由于他坚持锻炼而你轻易放弃了，所以他拥有比你更健康的体魄。

最后，你陷入了一种防御姿态中，搜罗着自己不愿意变得更好的原因。你不情愿地和“劣等你”聚在一起喝酒。就算是在酒吧里，你也会遇到“优等你”，他们正在请朋友喝酒，庆祝不久之前的英明决断。

所以，你要在死后世界里接受的惩罚早已明确无误、自然而然地确定好了，你越是荒废自己的潜力，就会遇到更多个这样的自己，让自己烦心。

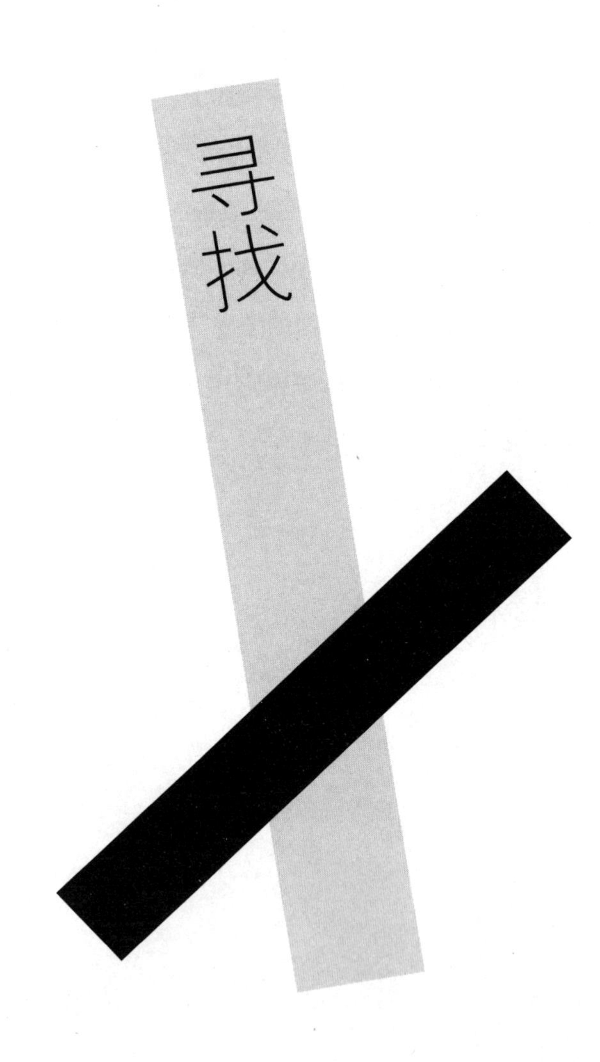
寻找

在生与死的过渡中，只有一件事发生了改变：你失去了让机体运转的生化循环动力。濒死的你和死后的你一样，由同样的亿万个原子组成，唯一的区别在于，它们与周围其他原子构成的社会网络停摆了。

从这一刻起，原子开始相互疏远，不再受制于保持人类形态的目标。曾经通过相互作用构成你身体的零件开始像毛衣一样被拆开，所有线头朝着不同方向旋转拆解。伴随着你的最后一次呼吸，这些数以亿万计的原子开始融入你周围的土地。当你开始分解时，你的原子将形成新的组织方式，成为鹿角蕨的叶子、带斑点的蜗牛壳，变成玉米核、甲虫上颚、苍白的血根草，或是雷鸟尾巴上的羽毛。

但你那数以亿万计的原子并不是偶然组合在一起的，每一颗原子都携带着你的标志，不管到哪里，它们依然如是。因此，你并没有消失，只是以另一种形式存在着。曾经，你的姿态是抬眉或飞吻，如今，则可能是起飞的小虫、摇晃的麦秆，或是白鲸吸气的肺。你表达快乐的方式或许变成了与浪花共舞的海藻、在积雨云下摇摆不定的漏斗云、扑棱着身体产卵的小银鱼，或是滑行在漩涡里的光滑的鹅卵石。

在如今完整的你来看，这样的死后生活听起来令人气馁。但它实际上甚为美妙。你无法想象，自己将以重生的身体跨越大江南北。你可以让草原生出褶皱，让松树枝弯折，让白鹭扑打双翅，或是用一束光引导螃蟹朝地表前进。性行为将达到紧实的人类肉身无法企及的高度。如今，你能通过自己的身体同时与四面八方沟通。你伸出灵活的手，穿过爱人开满花的身体；你们变成江河，奔流交汇；你们是草原上的动物，成群迁徙；是相互缠绕的植被，铺满大地；是冷空气的锋面，相交形成雷暴。

和你现在的生活一样，你将永远处于变化之中，这是不好的一方面。当生物开始分解，果实坠地腐烂后，你又获得了新的姿态，而失去了其他姿态。在鸟群向热带迁徙的途中，在越冬的驼鹿狂奔归家的路上，你可能会和爱人失散。她会化作一条小溪悄悄潜入地下，又在你不知道的地方冒了出来。

诱惑、痛苦、气恼、猜疑、邪恶，还有自由选择带来的恐惧，这些问题曾经在你的生活里出现过，现在也同样会出现。不要人云亦云地以为植物不假思索地向着太阳生长，鸟群凭借本能来选择方向，角马天生就要迁徙，事实上，所有一切都是为了寻找。你的原子虽然扩散到了四面八方，但它们无法逃离寻找的命运。即便你分布在世界各处，也无法逃脱对如何消磨生命的思索。

每过几千年，你所有的原子会从四面八方奔走而来，重新聚集，就好像各国领导相聚在世界首脑会议上，以人类的形态密密麻麻地重聚在一起。在乡愁的作用下，它们重新组成了最初紧凑精确的几何体。凭借这样一种形态，它们得以感到一种久违的欢度假日般的亲密感。它们聚在一起寻找着曾经拥有却未曾珍视的东西。

一开始，这场团圆充满了温馨鼓舞的气氛，但它们很快就开始思念自由的时光了。以人类形态存在的原子会出现幽闭恐惧症，它们动作受限，只能通过短小的四肢摆出最基本的姿态，这让它们痛苦难耐。作为高密度的人类，它们无法看到周围，只能在很短的距离内朝着最近的耳朵说话，也无法通过有意义的扩张碰触其他物体。我们是原子成为最小装置的时刻。以这种形态存在时，它们渴望登上山巅，漫游海底，征服天空，找回曾经的无穷无尽。

Sum

2

FORTY TALES FROM THE AFTERLIVES

人类的尺度

物种的堕落

死后，你将遇到一个千载难逢的机会，能够选择在来世成为某个物种。你想成为异性中的一员吗？想要出生在皇室吗？想要成为高深莫测的哲学家吗？或是成为应敌而战、凯旋的战士？

但是，你可能带着前世的种种痛苦来到这里。你做出的抉择和肩负的责任可能已把你折磨得够呛了。而如今，你所渴望的只有一件事，那就是简单。这也没问题。因此，你选择在来世成为一匹马。这样一来，你将拥有角度优美的骨骼和突起的肌肉；每日午后，站在绿草丰盈的牧场上吃草，轻舞飞扬的马尾让你感到安宁；或是从白雪皑皑的原野上飞奔而过，鼻孔呼出阵阵热气。你向往的就是这种简单生活的幸福。

你宣布了这一决定。于是咒语响起，魔杖挥动，你的身体发生变化，成了一匹马。你的肌肉开始突起，皮肤上长出一簇簇强韧的毛发，像冬日里一床舒服的毛毯一般覆盖着你。你的脖子开始变粗、变长，你很快就对这种变化习以为常。你的颈动脉成倍增粗，手指开始如同马蹄一般弯曲；膝盖变得僵硬，臀部变得强壮；头骨变长，形成新的形状。大脑也快速变化，大脑皮质退化，小脑变得更发达，脑的解剖构造从人类转变为马。神经元的联结方向发生改变，突触断开，而后又以马的联结模式再度联结。你曾经渴望了解成为一匹马之后的生活，但这种愿望正在从你的大脑中消失。你对人类事务的忧心忡忡和对人类行为的愤世嫉俗也消失不见，甚至是作为人类的思维方式，也开始离你远去。

这一刻的你突然意识到自己忽略了一个问题。当你离成为一匹马越来越近时，越发忘记自己最初的愿望。你曾是一个人，对成为一匹马的生活感到好奇，如今，你已经忘记这回事。

这一刻的清晰思路不会持续太久。但这俨然是一种惩罚，惩罚你所犯下的错，就像普罗米修斯的内脏被啄食的时刻。你半人半马地蜷缩着，内心清楚，若在不知道出发点的情况下，你将无法领会目的的意义。除非你还记得作为人类的生活，否则，你无法从成为马之后的简单生活中获得任何启示。

而这还并不是最痛苦的领悟。你意识到，下一次顶着马头回到这里时，你将无法选择转世为人。因为你将根本理解不了人类是什么。你选择从智慧的天梯往下走，而这个选择不可逆转。就在丧失人类最后的机能之前，你痛苦地思索着：是什么样的着迷于寻找简单生活的伟大外星生物，在最后一个轮回中选择转世成为人类？

女巨人

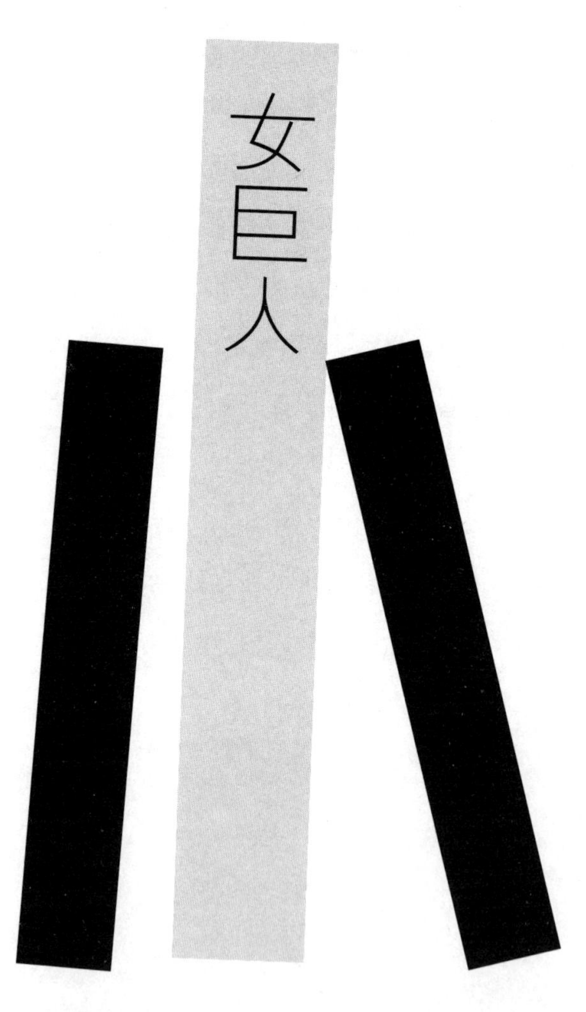

在死后世界里，一切都很柔软。你发现自己置身的空间覆盖着各种垫子。看上去，一切都设计得安宁舒适。你的双脚静静地踩上铺着地垫的地板，墙上覆盖着枕头，天花板上覆盖着泡沫棉板，导致回声大大降低。你很难在这儿找到硬邦邦的平面，所有一切都被羽毛覆盖着。

步入大厅后，首先你会注意到一位身形巨大且气质高贵的男子。他看起来正是你心目中的神明该有的样子，只是他显得格外喜怒无常和心神不宁，眼神中透露着担忧和焦虑。他向你解释说，他为人间的核武器扩散感到忧心忡忡，常在睡梦中听到震耳欲聋的爆炸声，然后全身冒冷汗，继而惊醒。

他对你说："跟你讲清楚了，我并不是你的神。相反，我是银河系的邻居。我来自被你们称为特尔赞 4 号的天体。所以，我们面临着同样的麻烦。"

"什么麻烦？"你问。

"请不要这么大声讲话。"他温和地告诫你，"我们花了很长时间来研究自己的邻居，也就是你们地球人和其他 37 颗行星上的居民。我们建立了高度准确的方程组来预测你们的未来发展和社会进程。”说到这里，他凝视着你的眼睛。“结果我们发现，你们地球人是最不让人省心、最不容易满足的。我们的预测表明：你们的战争武器会越来越喧嚣，你们的太空探索计划将会制造无数喧嚣的飞船，它们的火箭助推器发出震耳欲聋的声音，响彻天宇。你们地球人，就如同你们的探险家科尔特斯[①] 一般站上了高山之巅，准备侵犯太平洋外围的所有海岸。”

“我们的麻烦是对外扩张？ ”你终于插上了话。

“不是这个麻烦，”他不高兴地说，“请容我站在更宏观的角度来说明问题。你和我，我们的行星，我们的星系，都同属一个生命体，你可以把那看作一个无穷大的生命体。你可以称其为女巨人，但只用一个词儿来总

① 埃尔南·科尔特斯（Hernán Cortés，1485—1547），西班牙军事家、征服者。

结这个概念可能会让你产生错觉，以为自己对于她的巨大有了一星半点的理解。

“为了让你理解这种尺度，我这么说吧，你只有她一个原子那么大。在地球上，大量生殖力旺盛的物种通过繁殖获得发展和壮大，即便如此，地球充其量也只是位于她某个细胞深处的一个蛋白质分子。银河系算得上她的一个细胞，但也只是一个小细胞。而她是由数十亿个这样的细胞构成的。

“几百万年以来，我的人民对她没有概念，这就好比一只扁形虫不可能发现行星是圆的，好比菌群从来无法意识到烧瓶瓶壁，好比你手上的一个细胞不知道自己为钢琴协奏曲出了力。

“但是，在高速发展的哲学和技术的帮助下，我们逐渐开始理解自己的处境。之后，大约在几千年前，有理论指出我们或许可以与她进行沟通，认为我们可以破译她的结构，利用信号来影响她的行为，就像激素、酒精、麻药这些小分子对你们这种生物产生的影响一样。

“因此，我们并没有沉溺于本地政坛的恶性循环，相反，我们以理解宇宙尺度的生化问题为目标，致力于发展经济和科学。我们系统地绘制出她的神经系统的信号级联放大反应和恒星解剖构造，并最终发现了向她的意识传递信号的方式。我们发射了一种信号显著的电磁脉冲序列，它会与我们星球上的磁层相互作用，从而影响小行星轨道，进而改变行星与恒星之间的距离，由此支配生物的命运，继而改变大气层中的气体成分，令光信号的传导路径发生弯折，所有这一切复杂的相互作用形成的放大反应都被我们演算了出来。我们的计算表明，这个信号需要经过几百年的时间才能传递到她的意识。当信号到达时，所有人都兴奋地目睹着将要发生的一切，而我却身在远离行星的路途上，这太让人难过了。”

他的面容因为痛苦的回忆而扭曲。

“但没有人猜到接下来发生的一切。一大片陨石坠落，燃烧着的氢原子电子云覆压而下，随后，出现了众多黑洞，无情地吞噬了飞行中的石块与尘土，吞噬了最后一道回忆的光芒。无人生还。

“对她来说，这很可能不痛不痒。这可能是免疫系统的一种反应，或是她刚刚挠了下痒痒、打了个喷嚏，或是在做活体切片检查。

“于是我们发现，我们的确可以与她沟通，但无法进行有意义的沟通。我们的体量如同草芥，能对她说什么？能问她什么？她又如何回复我们？或许，那场灾难正是她试图要回答什么吧。你能劳驾她做什么与你的生活相关的事情呢？如果她告诉你对她至关重要的事是什么，你能够理解她的回答吗？翻出一本莎士比亚戏剧集放在一群细菌面前，你觉得这样做有意义吗？当然没有。空间尺度不同，意义也就不同。因此我们断定，与她沟通并不是绝不可能之事，但却是毫无意义之举。这就是为什么我们现在静静地盘坐于这个没有噪声的星球表面，沿着轨道缓缓转动，并且轻声低语，努力让自己不被人注意。”

依附

小行星上驻扎着一群庞大的生物，它们管自己叫收藏家，而我们正是它们制造出来的产品。收藏家在宇宙的时间尺度上进行了无数的实验，它们一次次细致地来回调节星系的参数，令宇宙产生大大小小的爆炸；它们拨弄着基本的物理常量，令其产生一丝一厘的波动；它们不停地削铅笔，然后又眯着眼睛看向望远镜。当一个未解之谜被收藏家破解后，它们就会摧毁这个宇宙，回收所有的材料，继续下一项实验。

我们在地球上的生活正是它们的一项实验，这项实验研究的问题是：为什么人们总是相互依附在一起？为什么有些关系和睦融洽而有些分崩离析？它们对此百思不得其解。如果它们中的理论家无法找出端倪，它们就会认为这是一个有意思而值得探索的问题。于是，我们的宇宙得以生生不息。

收藏家利用生活进行参数实验：男人与女人相遇，但很快就错失彼此。他们在图书馆里擦肩而过，在城市公交的车门处擦肩而过，只有一刹那的时间，他们留意到彼此的存在。

在熙熙攘攘的人群和五光十色的世界里，男人和女人朝着不同的方向前进并相遇。收藏家想要知道的是，他们如何处理人生计划中各自的内心向往？他们会改变自己的选择与计划吗？收藏家用小行星削好铅笔，继续进行细致入微的研究。

它们研究本未相互依附，却因为环境走到一起的男男女女，研究因为责任而被迫相守的人，强迫自己去依附对方并学习寻找幸福的人，离开了依附关系就无法生存的人，还有与依附关系进行抗争的人，以及那些并不渴望陷入依附关系却身陷其中的人。

当你死后，你会被带到一组收藏家面前。它们对你进行盘问，试图理解你的动机。你为什么要中断这段关系？在另一段关系中，你看重的是什么？某某似乎就是你的真命天子，你到底还有什么不满意？它们尝试了，但还是无法理解你，于是只好将你送回去，看看如果再进行一轮实验，它们会不会更明白一些。

正是这个原因，我们的宇宙得以继续存活。

收藏家的工作时间已超期，也耗尽所有预算，但它们还无法为这项研究得出最后的结论。它们痴迷于此，就算是它们当中最聪明的家伙也弄不清楚它们有多么痴迷。

微生物

我们根本不会拥有什么死后的世界。

死后，我们的尸体会立刻开始分解。分解结束后，微生物大军将如同潮水一般离开，前往更好的去处。

这可能会令你认为神根本就不存在，但你恐怕错了。神只是并不知道我们的存在而已。由于我们处于无法被识别的空间尺度上，神意识不到我们的存在。神只有细菌那么大。他并非存在于我们体外，也不是高高在上的，而是存在于我们的体表，存在于我们的细胞里。

神以自己的形象创造了生命，他的集合正是微生物。在神的棋盘上，微生物与宿主展开旷日持久的争夺，在共生与感染之间钩心斗角，直至菌群赢得统治地位；在神的棋盘上，善与恶在表面蛋白、免疫力与抵抗力的战场上展开正面交锋。

这种情况下，我们的存在就如同一个异类。

作为这些微生物生存的背景，我们并不会干扰它们的生活方式，因此，它们也就不会注意到我们的存在。我们既不是进化的选择，也无法被微生物的神祇通过雷达探测到。

神和他的微生物组织对我们所创造的丰富的社会生活、城市、马戏团和战争一无所知，它们对我们的互动的了解就好像我们对它们的了解一样有限。即便我们跪拜祈祷，微生物也自顾自地执行着永不停歇的惩罚或奖赏。微生物无法察觉到我们的死亡，这对它们来说只是重新进行分布、朝着另一处食物资源进军罢了。

因此，虽然我们以为自己位于进化的顶端，但只不过是一些营养基质而已。

但是，请不要因此而垂头丧气。我们拥有强大的能力，足以改变微生物的世界。

想象一下，有一天你选择在某家餐厅就餐，不经意地将指尖上的微生物留在了调料瓶上，并传递给了坐这张餐桌的下一位食客，而他刚好要乘坐国际航班前往突尼斯，于是这些微生物就被带到了那儿。

对这群微生物而言，它们失去了自己的家庭成员，这就是宇宙惯常的运作方式，神秘而残酷。微生物向神寻求答案，而神只能将这一切归因为他无法控制也无法理解的统计波动。

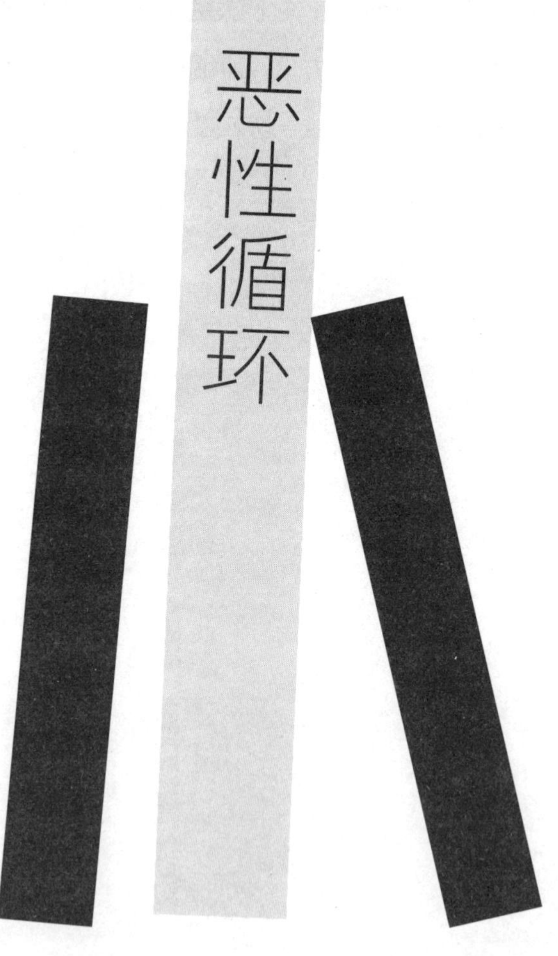
恶性循环

死后，你发现造物主是一种渺小又愚笨的生物。它们看上去与人类相似，但是更小，也更野蛮。它们特别笨。讲话的时候，它们会把眉毛拧成一团，努力理解你话里的意思。如果你讲慢点儿，它们可能更容易理解，有时候边讲边画图也有帮助。讲着讲着，它们的眼神变得呆滞，装作听懂了一般连连点头，实际上它们已经完全跟不上谈话的思路了。

友情提示一下，当你在死后世界清醒过来时，你周围全是这些生物。它们会在你身旁相互推搡，伸长脖子，吵着嚷着要看你一眼。它们一个个地向你提出同一个问题："你有答案吗？你有答案吗？"

不要害怕，这些生物很善良，并无恶意。你可能会问它们在说什么。它们就会把眉头拧作一团，逐字逐句地钻研你说的话，仿佛那是一句艰深难懂的谚语。而后，它们会小心翼翼地重复："你有答案吗？"

"我到底在哪儿？"你可能会问。

某个抄写员会把你说出的每个字忠实地记录下来，

以供日后查阅。这些生物之中的母亲和女儿从瞭望台向你投来充满了希冀的凝望。要理解你身处何方，我们最好先来补充一下背景知识。

在这些生物的社会发展过程中，某个时期，它们开始好奇：我们为什么在这里？生存的目的是什么？这些问题太难了，于是它们决定创造出超级计算机来寻找问题的答案，而不是直接去回答这些问题。它们认为这么做可以化难为易。因此，它们投入了几十代的努力来打造这一切。而我们就是它们所创造的机器。

在它们的社群中，元老一辈认为这似乎是一个聪明的策略，但它们忽略了一个问题：它们创造的机器比它们更聪明，也更复杂，而它们并不具备理解这些机器的能力。当作为一台机器的你老旧破败并停止工作时，你的软件会重新上载到它们的实验室中，它们就能够对你进行研究了。这就是你醒过来的地方。当你发出第一个声响后，它们马上聚集到你身边，想要搞懂一件事：“你有答案吗？”

它们并未意识到，在它们将我们丢进实验容器之后，我们没有浪费一分一秒的时间。我们创造了社会、道路、小说、导弹发射塔、望远镜、步枪……各种各样属于我们自己的工具。它们很难发现我们的进步，也难以理解这一切，因为它们理解不了复杂的事情。当你试图向它们解释所有这一切时，它们很难跟上你的语速，听懂那高深莫测的内容，所以它们开始呆笨地连连点头。这让它们感到悲伤。有时候，它们当中最具洞察力的个体会蜷缩在角落里哭泣，因为它们知道计划失败了。它们认为我们已得到了那个答案，但我们太先进了，无法在它们的水平上与其进行沟通。

它们没有料想到，我们并没有找到它们想要的答案，我们首要的任务是为自己寻找答案。它们也没有料想到，我们自己找不出答案，于是创造了异常先进的机器来解答自己的谜题。你试图向它们解释这一切，但你的努力全是徒劳。这不仅是因为它们无法理解你，还因为你意识到，我们对自己创造的机器同样知之甚少。

神经冲动

电脑芯片没有死后生活，同理，我们也没有。毕竟，我们和电脑芯片是一样的。有三位宇宙程序员编写了一种规模巨大而看不见的电脑程序，以硬件运行，人类正是运行这一程序的硬件中的一小块网络单元。这几位程序员是开发移动式计算基材的专家，这些计算基材是由可移动、可自愈的高带宽节点组成，这些节点就是人类。人与人之间的每一次接触，都会触发该网络进行规模庞大的计算加工，并对运转中的巨大电子回路进行重新配置，对另一空间尺度上的存在进行计算加工。

令人惊讶的是，所有的运算过程都是在我们的潜意识中进行的。因此，当下一回邻居的眼皮出现了一次难以察觉的颤动时，请小心留意。通常情况下，你们两人都很难意识到这一颤动的发生，但你们的潜意识却能够注意到。

对于你大脑中这些隐秘的部分来说，它们所觉察到的颤动会触发一系列的变化：基因打开，蛋白质形成，突触重新排列。你完全无法意识到发生的这一切。

你只是顶着一个大脑袋，却对脑袋里发生了什么浑然不觉。神经活动产生的电流令你立刻释放出信息素，你无法意识到它们，但它们却能对坐在你旁边的年轻女性的神经系统产生有力的影响。不久后，她不经意地轻叩了一下她的左脚。坐在她对面的游客的大脑捕捉到了这一动作，于是，这种计算继续传递下去。

就这样，信号通过人类组成的巨大网络以令人目眩神迷的速度进行传递，而我们却对自己信使的身份毫不知情。我们会无意识地抬起手指，扶一扶帽子的边缘，会突然起一身鸡皮疙瘩，会恰巧在某个时刻眨了眨眼，这一切都是在传递信息，引发下一步的加工反应。信号从一个节点传递到另一个节点，而人类正是一张巨大的信号网络。以人类为基材的巨大网格正在就天体的重要意义进行着计算加工。

但是，一个渺小而始料未及的错误潜入了这一程序中，那是程序员并没有打算采纳的一种异常算法，而他们尚未探测到这个错误。这个错误就是我们的意识。

我们所有的爱憎、渴望、忍耐、追求，都在地球的程序上运行着，隐蔽在如同茂密森林一般的代码之下。爱，并不是大脑的规定设计，而只是一种讨人喜欢的算法，它会利用加工循环过程中未被利用的空载来运行。

程序员对我们的意识世界还蒙在鼓里，就像我们也不知道他们在进行计算一般。虽然计算极为错综复杂，导致程序员很难查出问题的所在，但从理论上来说，他们应该能够发现意识正在一点点地消耗着计算资源。然而他们不愿为此费心，因为他们正为事态的发展感到兴奋不已。网格的计算能力快到了令人目眩神迷的地步，这是他们无法理解的事情。

他们对此感到疑惑不解，因为他们曾将节点设计为无增长式替换。程序员知道人类终将死亡，所以他们给人类配备了一种密钥机制，以便人类能够在大限将至的时候进行自我复制。

但他们没有预料到异常算法的出现，也没有预料到它会意外地在节点中创造出一种深深的孤独感，一种对陪伴的需要，以及后续发展出的关于刺激与满足的长篇故事。这导致了性行为的出现，从而大幅扩充了网格的规模，令节点从数以千计的规模快速发展到十亿级的数量。这些节点想方设法地让自己活下去，解开了程序员布下的枷锁，而程序员是无法理解背后的原因的。

在程序员掌管的所有行星中，我们的行星是他们最得意的超级计算机，是他们最得意的作品。这个世界拥有多得不可思议的能量，足以照亮整个星系。

Sum

自恋

关于到人间走一遭的目的，你在死后世界里得到了明确的答案：我们的使命是收集数据。

我们作为一台台高端的移动摄像器，被投放到地球上，并配备了先进的镜头，能够形成高精度的视觉图像，通过光波波长对形状与深度进行计算。

作为镜头的眼睛装载在我们的身体上，从而能够攀上山峰，潜入洞穴，穿越平原，四处移动。

我们还配备了耳朵，用以采集空气压力波。

皮肤是一种大型感觉器官，用以收集温度与材质的数据。

我们还拥有能够进行分析的大脑，该设计让这具移动设备能够上天入海，登上月球。

就这样，每一位站上山巅的观察者都为行星地表的巨大数据库提供了涓滴贡献。

我们是被制图员投放在这里的，他们的圣书就是我们所谓的地图。我们的使命是走遍行星地表的每一处。在行走的过程中，我们会将数据保存在感觉器官中，这就是我们存在的唯一原因。

死后，我们会在训示室中醒来。在这里，我们倾尽毕生收集得来的数据被下载下来，并与那些先我们而去的死者所收集得到的数据相互关联。

这样一来，制图员就能够整合海量的视角，形成地球的高精度动态图像。他们很久以前就意识到，想要得到整个星球的地图，最佳的办法就是投放无数渺小而耐用的移动装置，令他们迅速繁殖并遍布整个星球。

为了保证我们能够在地表上快速扩张，他们将我们设计得躁动不安、欲求不满、精力旺盛，并拥有强大的繁殖能力。

在他们的打造之下，我们与前几代移动摄像器大不相同：

我们能够站立，伸出脖子，将透镜对准星球上的每一个角落；

我们拥有好奇心，能够独立产生新的创意，来增强移动能力；

我们的开拓创新并不是最初就设定好的，这是最成功的设计；

为了征服各种变幻莫测的地貌，我们在自然选择的作用下发展出了随机应变、别出心裁的策略。

制图员并不在乎我们的生死，他们只关心我们是否覆盖了广袤的地表。他们痛恨宗教仪式，因为那会延缓数据收集的进度。

我们在巨大的球形房间中醒来，没有窗户。过了好一会儿，我们才意识到，此时的自己并不是在云端上的天堂里，而是在地心深处。制图员的个头比我们小很多。他们生活在地下，讨厌光照。我们是他们创造的最大的装置，对他们来说，我们就像巨人一般。我们足够大，因而能够跃过溪流，攀上巨石。对星球勘探来说，我们是最理想的机器。

耐心的制图员将我们推送到星球表面，开始了长达几千年的观察。他们目睹我们如同墨水一般浸染了星球的表面，直至每一寸土地都覆盖上人类的色彩，每一个地区都进入了袖珍移动感官的监视范围内。

移动摄像器工程师们坐在控制室里，对我们取得的进展进行评估，然后为自己的成就额手相庆。他们翘首以盼，等待着人类将数据传感器对准地块、岩层、树林，以此终了一生。

然而，虽然一开始获得的成就卓著，但制图员却对最后的结果大感沮丧。

移动摄像器虽然已经覆盖了整个星球并拥有了长寿的生命，但在收集得来的数据中，对制图有所帮助的却少之又少。这些装置利用制图员精心创造出的袖珍透镜对准其他袖珍透镜的目光，以一种讽刺的方式让科技变得微不足道。

皮肤虽然是他们精密的感觉器官，但他们只希望被抚摸；

他们虽然拥有高级的空气压力传感器，却只想用来倾听爱人的耳语，而不是重要的星球数据；

他们虽然拥有强壮而适于户外活动的身体，却耗费了大把力气来修建庇护所，聚集于其内；

虽然他们大规模地繁衍扩张，却一小群一小群地聚集在一起。

当天各一方的时候，他们创造出了通讯网络来欣赏其他人的照片。

日复一日，制图员整理的是一卷卷没有尽头的无用的数据，他们感到心灰意冷。总工程师已被开除，因为他创造出了只会自拍的工程奇迹。

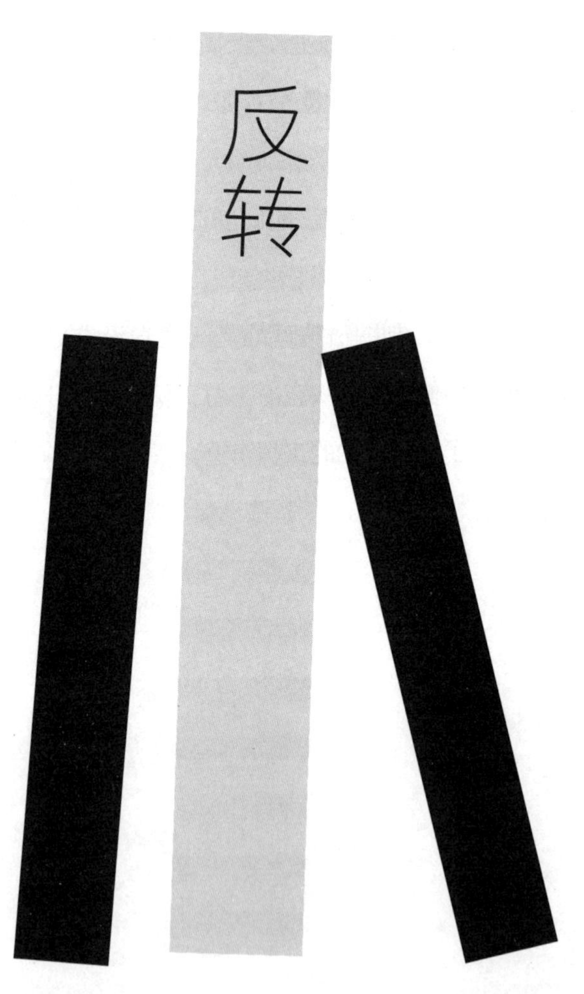
反转

死后世界并不存在，但这并不意味着我们没办法再活一回。

有那么一天，宇宙膨胀的速度将会减缓、停顿，宇宙开始收缩。到了那个时候，时间的流向将会反转。那些曾出现过的一切将再度出现，但这次将朝着相反的方向发展。这样一来，我们的生命既不会消亡也不会瓦解，人生将会倒放。

在这一场反转人生里，你出生在地下。在你的葬礼上，我们把你从土里挖出来，庄重地将你带入太平间，卸下你出生时的装扮。然后，你被送入了医院，在医生的围绕下第一次睁开双眼。

在你的日常生活里，打碎的花瓶变得完好如初，融化的冰雪重新凝结成雪人，破碎的心重拾爱情，河流向山崖上流淌。经历了各种曲折的婚姻终于以恋爱约会收场。你再次体验到了生命里的鱼水之欢，这种愉悦感在亲吻时达到顶点，而不是在翻云覆雨中。长满胡须的男人变成了没长毛的小孩，他们被送进学校，一点点地剥除知识的原罪，阅读、书写、计算，这些本领统统被抹掉。这场“去教育”完成之后，毕业生们蜷缩在地上爬行，失去了牙齿，成为最最单纯的婴儿。在生命中的最后一天，他们为生命的终结而号啕大哭。婴儿们爬回了母亲的子宫，他们的母亲最终也蜷缩着爬回了自己母亲的子宫，如此循环往复，就像俄罗斯套娃一般。

在这一场反转人生里，你的人生经历将倒带播放，对此，你的内心充满了幸福的期待。虽然第一次生命是向前发展的，但你以为，只有将人生回放一遍，才可能对生命产生真正意义上的理解。因而在反转的那一刻，你打从心底里感到高兴。

但迎接你的却是痛苦和惊讶。

你发现，为了让人生故事符合自我认知，你的记忆耗尽了毕生的心血，制造出各种荒诞的小故事。你设法保持叙述的连贯性，于是记错了各种细枝末节、人生的决定和事件的顺序。在人生倒放的过程中，所有的故事情节彻底分崩离析。当你在生命的走廊中倒退时，你的回忆与现实不停地碰撞，弄得你满身是伤。当你再次进入子宫的时候，你对自己的了解与你第一次躺在子宫里的时候已经不分伯仲。

保全

我们有关宇宙大爆炸的推测基本上完全错了。宇宙并非起源于大爆炸，而是一个夸克[①] 所导致的平凡无奇、不期而至、默默无声的结果。

在长达亿万年的时间里，什么也没有发生。这颗孤独的粒子静静地飘浮着。终于，它开始移动。和其他所有的基本粒子一样，它意识到自己可以朝着时间的任何方向穿行，于是它开始往前飞。当它回头张望时，它发现自己已经在时空的画布上留下了一道痕迹。

它掉头，朝着时间的其他方向飞行，于是看到自己留下了另一道痕迹。

这个夸克开始在时间里横冲直撞，来回往复，就像一位艺术家的铅笔毫无目的地来回舞动着，一幅画就此诞生了。

如果你认为我们是由更为宏大的整体联系在一起的，那你就错了，实际上，我们是由渺小的粒子联系在一起的。你身体里的每一个原子都是同一个夸克在同一

① 夸克，一种参与强相互作用的基本粒子，也是构成物质的基本单元。

时间里存在于不同的空间罢了。

这个小小的夸克如同一把四维的荧光粉喷射器，发狂一般地在时间里掠过，绘出了世界。它画出了树上所有的树叶，海里所有的珊瑚，车下所有的轮胎，风中飞行的所有的鸟，还有每一颗脑袋上的所有头发。你所看到的一切都是这个夸克的所作所为。它创造了一条时空的超级高速公路，并以极速在这条公路上来回穿梭。

它开始以有关战争、爱与流放的传奇书写世界的故事。它给故事起了个头，继而让情节自由发展，自此，夸克成了一位讲故事的天才。这些故事对人性进行了细致入微的描写，故事中的主角身陷各种道德困境，而他们的对手则魅力非凡。夸克以自己曾经在空旷宇宙中所感受到的孤寂为灵感，写就了更多的故事。它写出了把头放在枕头上的少年，写出了呆望着咖啡馆窗外的离异者，写出了成天观看电视购物广告的退休老人……他们都成了夸克剧本中的预言。

但夸克并未对孤独这个主题进行深究。它发现自己对爱情故事和性爱情节百听不厌。新一代的小孩诞生在复杂的爱情故事的关系网络中，这样一来，时空画布上的故事脚本里呈现出了越来越丰富的人物角色。夸克真诚而执着地追求着每一个故事的逻辑性。

之后，在后来的物理学家称为“衰落日”的这天下午，夸克获得了顿悟，意识到自己的能量已经达到极限。它所写的故事太过华丽繁复，即便用最快的速度，它的笔触也无法继续对此加以绘制了。

这一天就是世界开始向未完成发展的第一天。夸克心灰意冷地收手了，它明白，若要继续这场表演，就必须保全自己的能量。它意识到可以通过只画出被人看到的实体来实现这一点。根据这种资源保护计划，只有当草原和高山被人看见的时候，夸克才会画出它们。在没有潜艇驶过的海平面以下，在没有探险家进入的丛林深处，夸克什么也不会画。

在你出生之前，这些节能措施就已经各就各位了，但情况却变得越来越糟。即便实施了这些能量管控计划，夸克仍然要消耗大量的能量。由于人类盲目肆意地爆发式增长，夸克的能量储备已快要耗竭。

很快，夸克就不得不承认，它无法再继续描绘了。

物理学家建议我们做好迎接世界末日的心理准备。到那时，树叶将越来越稀疏，男男女女都将变成秃头，动物也会丢失许多的身体细节。随着笔墨日渐浅淡，某一天你会在路的转角发现自己熟悉的建筑物消失了；某一天你可能会发现卧室的墙壁不见了，于是你看到了自己的爱人，但他只有一半的身体。

这种预测很可能会实现，但幸运的是，物理学家的计算出现了些许差池。事实上，夸克深爱着我们，不会让这一切发生。而在物理学家的公式中并未考虑到这一点。夸克爱惜自己的造物，它深知如果让我们看到真相，那将会伤透我们的心。

所以，它稍稍调整了自己的计划。它会让世界在沉睡中结束。所有的造物将会就地蜷缩成一团。

早上开车上班的人，会在方向盘背后西装革履地轻松进入梦乡。高速公路、铁路和地铁会在沉默中缓缓地停摆。办公室职员会躺在地板上或写字楼过道里舒适地睡去。各国首都的广场会变得鸦雀无声。麦田里的农民开始打盹儿，而飞行中的昆虫则会像雪花一样轻柔坠地。马匹将停止奔跑，放松，站立着进入梦乡。林间的黑美洲豹将爪子搭在树枝上，再把下巴放在爪子上睡去。这就是世界终结的方式，不是以爆炸来结束，而是以哈欠声。在倦意和惬意中，我们的眼皮缓缓下垂，就好像幕布下降，把一切终结。

如此一来，夸克心爱的造物将无法看到接下来要发生的一切。世界将开始衰退萧条，行星将开始分崩离析。夸克慢了下来，同时，它的每一笔笔触变得越来越浅淡，到了最后，世界将仿佛一张由阴影和线条构成的版画。沉睡中的躯体变成了透明的网状结构，你甚至可以从这一头看到另一头的模样。笔画越来越少，柏油马路变成了稀疏的黑色笔触所画出的束带，马路之下，只剩下地球直径那么长距离以外的地球的另一头。世界的画布只剩下几笔简单的轮廓，网格上剩下的笔画也一笔一笔地消失，整个宇宙化为一片空白。

最后，夸克耗竭了，在无穷无尽的空旷中，它慢慢地停摆。

到了这一步，它终于可以从容不迫地喘口气了。它将等上亿万年，直到拾起耐力和信心，卷土重来。

所以，这世界上并没有所谓的死后生活，有的只是漫长的中场休息。我们的所有一切都存在于这颗粒子的记忆之中，就像一颗受精卵，等待着破壳而出。

Sum

Sun

3 死亡没有精度

FORTY
TALES
FROM
AFTERLIVES

演员

“欢乐，欢乐，人生不过一场梦。”[1]

当听到这首儿歌时，你若有所悟。你开始怀疑，或许自己只是一只蝴蝶，做着一场成为人类的梦；或者更糟糕，你只是一个存放在罐子里的大脑，体验着视听嗅味，所有的声色光影不过一场梦。因此，你等待着死亡，死了就可以醒过来，就可以弄清楚自己到底是拥有花斑翅膀的蝴蝶，还是玻璃罐子里的大脑。

但最后，你发现自己错了。人生并不是一场梦，死亡才是。更奇怪的是，这场梦不属于你，而属于他人。

现在你想起来了，在梦境的背景里，总会出现一些不起眼的角色，比如餐馆里的人群，商场或校园里的人流，马路上的其他司机和过马路的行人。

这些演员并非从天而降。为了让梦境显得真实可信，我们在背景里表演着自己的戏份。有时，我们也会注意聆听梦境的情节，但在通常情况下，我们会自顾自地谈天说地，等待杀青。这并非一种职业选择，而是一

① 出自英文儿歌《Row, row, row your boat》。

种契约：生前做过多长时间的梦，死后就要付出同样的时间来为他人服务。除了那些生前就是演员的人，没人觉得这份工作做起来很开心。

在大多数情况下，生前就是演员的人每晚都会扮演有对手戏的角色，而我们则情愿坐在背景里。幸运的话，做梦者会让我们出现在餐馆中，这样就能免费吃上一顿。在没那么幸运的夜里，我们可能置身一场恐怖的化装舞会；或是身处地狱的无限循环中，经历着水深火热；或是扮演群众演员，在主角一丝不挂地登场时，被迫指着他哈哈大笑。

表演对手戏时，台词会投影在做梦者身后的屏幕上，以便让我们的表演尽可能到位。大多数人都演得很烂，因为我们并不是经过专业训练的演员，也没有想要演好戏的上进心。但不管我们演什么，做梦者似乎都会信以为真。即便我们和梦境里的角色并不相像，做梦者还是觉得我们就是他们所想之人；即使我们有时会扮演异性的角色，做梦者也只会产生略微的疑惑而已。

很久以前，梦境演职员曾经搞过罢工。在那三天的时间里，人间的所有人都梦到自己在空荡荡的房间里闲逛，在空旷无人的街道中穿行。有人将这一梦境解读为不祥的征兆，于是寻了短见。当他们作为新人加入梦境演职员时，这些悲惨的遭遇令其他人流下了同情的泪水，人们立刻停止了这场罢工。

或许在你看来，死后的生活算不上是惩罚。但是，我还没告诉你最糟糕的事情。每天清晨，当我们结束在他人脑袋里的闲逛后，就会进入自己辗转反侧的睡眠中。而出现在我们梦境中的是那些结束了生命、离开了这个世界的人。我们永远生活在下一代人的梦境中。

你旁边的人提出了一种假设：一切都是周而复始的，因此我们终将回到人间。这是由某些干练的神祇所发明的一种分时共享方案。这样一来，我们就不会同时生存在人间了。但随之而来的问题是什么呢？在梦里，我每晚都会看到一个女子。然而在我不断地死去、周而复始地进入下一个世界的过程中，我永远追不上她。

改头换面

死亡有三种形式：第一种是身体停止了运转；第二种是尸体葬入坟墓；第三种发生在之后的某个时刻，当你的名字最后一次被人提起时。

于是，你在大厅中等待第三种死亡的来临。这里摆着长桌，放着咖啡、茶、饼干，你可以随便享用。来自四面八方的人们聚集在此，你们可以轻而易举地打开话匣子，轻松愉快地谈天说地。但要注意的是，播音员随时可能通过广播唤出新朋友的名字，中断你们的对话。这也就意味着，在人间，再也没有人会想起他了。这位朋友于是变得垂头丧气，面容如同粉碎后又重新拼凑起来的盘子，即便播音员温和地告诉他接下来要去一个更棒的地方，他仍然伤心不已。

没有人知道更棒的地方在哪儿，也没人知道那里有什么，因为去过那里的人都没有回来，也就没人告诉我们以上问题的答案。悲惨的是，许多人离开这里的时候，他们的亲朋爱人才刚刚抵达，因为这些人是唯一还记得他们的人。每到这个时候，我们都会扼腕叹息。

这个地方看上去就像一个巨大的候机室。许多历史上的名人都聚集在此。要是无聊了，你可以起身走一走，随便朝哪个方向都可以。你穿过一排排座椅和通道，走了许多天以后，开始注意到人们看起来有些不一样了，还会听到外语的腔调。人们会与自己的同类聚集在一起，所以你发现，这里自然而然地形成了与地球上近似的版图，不同的是这里没有海洋。你正在世界地图上穿行。这里没有时区，也没人睡觉，尽管大多数人希望能够睡去。荧光灯均匀地照亮了这个世界。

当播音员走进房间大声念出下一份名单上的名字时，并不是所有人都感到悲伤。相反，有些人会跪倒在播音员的脚下，乞求自己的名字快点被念到。这些人大都已待在这里太久太久了，尤其是那些因为某种不公正的原因而被铭记的人。

比如某个农民，他在 200 年前掉入一条小河溺水而亡。现在，他的农场成了一所规模不大的学校，于是，每周都会有导游讲起他的故事。他因而被牢牢困于此地，痛苦万分。故事讲得越多，细节的失真就越来越明显。他的名声和他本人已风马牛不相及，故事里的他已完全不是他了，但他还是继续被捆绑着。

而对面那位沉默不语的女士则被歌颂成一位圣人，她对此感到五味杂陈。

自动售货机旁边的灰发男士被奉为战争英雄，后来又被妖魔化成一个军阀，最终，被追认为在历史上的两大重要事件中起到不可替代的促进作用。他痛苦地等待着自己的雕像轰然倒塌的那一天。

我们活在那些记得我们的人的脑海里，因此，我们无法控制自己的生活，只能成为他们希望我们成为的模样。这就是这间屋子的诅咒。

镜子

在你以为自己已经死去的时候，实际上你还活着。

死亡有两个阶段。

当你结束最后一次呼吸，再次醒过来的时候，你正处于一个如同炼狱的阶段。这时的你觉得自己并没有死，看上去也不像死去了。

其实，你的确没有死，还差那么一点。

你或许曾经以为，死后的世界将如同柔和的白色灯光，如同波光粼粼的海洋，或是像飘浮在音乐里一样。但死后生活更接近我们起身太快时产生的感受：在一段懵懂的短暂时间里，你忘记了自己是谁，忘记了自己身处何方，忘记了所有的个人细节。而现在，让你感到陌生的一切才刚刚开始涌现。

首先，所有一切在炫目的明亮中变暗，你的拘束感被一扫而光，你的力量也被冲刷干净，你束手无策。你的自尊不翼而飞，与自尊息息相关的自我也消失不见。然后，与你自己有关的记忆也一点点地消解。

你失去了自己，但你似乎并不在乎这一切。

此刻的你所剩无几，拥有的只是你的内核：赤裸裸的意识，像新生儿一般光着身子。

若要对死后生活的意义加以理解，你必须记得每个人都是多面人。

一直以来，你都生活在自己的脑袋里，所以你更擅长识破他人的内心，而不是自己的。因此，他人成了你的镜子，你在他们的帮助下摸索人生的方向。人们对你的优良品质加以表扬，对你的恶习进行批评，他们的观点常常让你感到意外，但对你来说却是一种指引。

你并不了解自己，因此，每当看到照片上的自己，听到语音邮件中自己的声音，你总会感到惊讶。

就这样，大多数的你存在于他人的眼睛里、耳朵里和指尖上。而现在，你离开了人间，你便存储在这些人的头脑里，而他们生活在世界各地。

在炼狱这个阶段里，你曾经接触过的所有人都聚集到一起。散落在世界各处的你集中起来，成为一个整体。如今，这面镜子就在你的面前，未经任何过滤地展示给你。

于是，你第一次清楚地看到自己，你因此而真正地死去。

死亡开关

死后世界并不存在，但会有另一个版本的我们继续活下去。

电脑时代伊始，人们把密码藏在自己的脑袋里，当他们去世，密码也随之入土为安。因此，没人能够打开死者的文件夹。要是这些文件夹里保存着至关重要的东西，公司可能会因此倒闭。于是，程序员发明了死亡开关。

有了死亡开关，电脑每周会向你发出密码提示，确认你还活着。如果一段时间过去了，你却一直没有输入密码，那么电脑就会做出你已经死亡的推断，并自动将密码发送给第二号负责人。

人们利用死亡开关将瑞士银行的账号转交给自己的继承人，在争论中强辩到底，或是坦诚道出有生之年无法开口说出的秘密。

人们很快发现，死亡开关提供了一个道别的好机会，这是一种电子化的道别。

除了发送密码以外，人们开始编写程序，让电脑向朋友发邮件，宣布自己的死讯。这封邮件的开头会这样写道："看来，我已经死了。现在，我终于有机会向你说出我一直以来想要告诉你的话……"

没过多久，人们意识到他们可以通过编程向未来传递信息："87 岁生日快乐呀！这是我离开人世的第 22 个年头了。希望你一帆风顺，喜乐平安！"

随着时间的流逝，死亡开关有了更大的用途。人们不是在邮件里宣布死讯，而是假装自己根本就没有死去。自动回复算法会对收到的邮件进行智能分析，利用这种技术，死亡开关能够写出礼貌的借口，委婉地拒绝各种邀请；能够就人生大事发出祝贺，并宣称期待着在不久的将来能和某人见上一面。

如今，利用死亡开关来假装自己活着已经成为一门艺术。

通过编写程序，死亡开关能够时不时地发出传真、进行银行转账，或是在网上购买最新出版的小说。最复杂巧妙的死亡开关还会回忆死者与他人共同经历的冒险故事、回味有意思的恶作剧、交换圈子内部的玩笑、吹嘘死者早年的英勇事迹、追忆死者一生的种种经历。

就这样，死亡开关让死亡变成了一个国际玩笑。人类早已明白，死亡是无法阻止的，但至少，他们可以削弱死亡的威力。

一开始，这是对抗死寂墓地的一场漂亮的革新。但对活着的人来说，越来越难辨别谁死了、谁还活着，这就麻烦了。

全天候工作的电脑替死者发出了各种社交信函，包括问候、吊唁、邀请、调情、辩解、闲聊和只有熟人才知道的圈内笑话。

如此看来，社会发展的方向已经清晰可见。

绝大多数人已经死去，我们是为数不多的生者。当我们死去时，我们的死亡开关也会触发，到那时，世界将一无所有，只剩下精巧复杂的社交网络，但没人阅读其中的任何信息了。

到那时，沉默的卫星将围绕着鸦雀无声的星球转动，来回发送邮件。

这就是这个社会的未来。

因此，我们自己并不会拥有死后生活，相反，这样的死后生活会出现在人与人之间。

在外星文明最终踏上地球的那天，他们马上就能弄明白人类是怎么一回事，因为人际关系网络依然留存于世，凭借它的存在，外星文明可以一目了然地看清谁喜欢谁，谁在与人竞争，谁在骗人，又是哪些人曾聚在一起欢乐地自驾游，在假日享用晚餐、谈笑风生。

这就像一种电子化的公报，记录了每个人与老板、兄弟、爱人之间千丝万缕的关联。死亡开关对这个社会进行了完整的复制，令整个社交网络得以重建。于是乎，整个星球的记忆得以在二进制的世界里永垂不朽。

这样一来，我们就能够不断地回顾彼此才懂得的玩笑，找机会表达未能开口说出的善意，回忆再也无法感受到的快乐人间。

现在，记忆变得自给自足，没有人会忘记它们，也没有人会对这些老生常谈感到厌倦。我们对此颇为满意，因为对往昔的光辉岁月进行追缅或许正是死后生活的全部意义所在。

无以名状

战争结束后，士兵们各奔前程。连队解散了，这是在一场战役最后发生的、没有流血的死亡。它让我们产生了有人去世一般的感情。

当演员演完最后一幕后，相同的情绪也萦绕在他们心间。在经历数月的共同奋斗后，就在刚才，有一些比他们自己更伟大的东西死去了。当一家商店在营业的最后一晚关掉店门后，或是在议会的最后一次会议闭幕后，所有参与者缓缓离去，他们感到自己曾经属于比自己更伟大的某种存在的一部分。即便那是一种无以名状的存在，但直觉告诉他们，这种存在是具有生命的。

这样看来，死亡不仅适用于人类，也适用于所有一切。

到最后，我们将会发现，拥有生命的万事万物亦享有死后生活。连队、表演、商店、议会并未结束，它们只是进入了一个不同的维度。它们经历了创生，存在了一段时间，因此，根据宇宙的规律，它们会在另一个地方继续存在。

虽然我们很难想象这些存在之间如何打交道，但它们会一起享受美妙的死后生活，交换各自的冒险故事。它们也会为欢乐的时光纵情大笑，也常常和人类一样，对生命的短暂唏嘘不已。在它们的故事中，组成它们的人们并不会出现。事实上，它们对你知之甚少，就好像你对它们也同样如是。通常来说，它们并不知道你的存在。

你可能会觉得很奇怪，这些组织竟能脱离组成它们的人继续生存。但其背后的原理非常简单：死后世界是由灵魂构成的。毕竟，你也不会把自己的心肝脾肺肾都带到死后世界里。到了这里，你反而会变得独立起来，不再需要组成你的各种内脏了。

在这种宇宙机制下，会产生一种可能让你大吃一惊的结果：如果你死了，组成你的所有原子都会为此感到悲恸。多年以来，不管是在你的皮肤上，还是在你的脾脏里，它们通力合作，团结一致。当你死后，它们并不会随你而去，而是各奔前程，朝着不同的方向离开，悼念曾经共事的岁月成为过去。它们感到，自己曾属于某个比自己更伟大的存在，虽然无可名状，但这种存在也具有自己的生命，这种感觉将久久地萦绕在它们脑海里。

再来一次

虽然死后生活的概念已是老生常谈，但其实也只是从 20 世纪才开始全面执行、走上正轨的。在那之前，死后生活已经存在，但不过是凤毛麟角罢了。

要理解这一点，你需要明白：造物主具有鬼斧神工的创造力，但他们对我们的行为并未进行过观察和判断，这点与我们先前的猜测大相径庭。造物主从未对我们的生活进行过细致的观察，他们对此根本就不关心。到后来，他们获得了发挥所长的机会，能够进行创造了，才重新变得兴致勃勃。在这个阶段，他们被称为再创造者，他们的目标是找出你生活中所有可以找到的记录，并创造出你的复制品，重新构建你的生活。他们将这视为一项挑战，看自己能不能用你留下的一大摞证物来复制一个你。

他们会从你的出生、婚姻和死亡记录开始着手追查。对大多数人来说，死后生活是几百年前出现的新兴事物，那时也正是人类开始进行记录的年代。然后，他们开始考虑利用电话公司的记录，也就是你拨出和接到的所有电话。他们对你所有的信用卡记录进行检索，对你购物的时间、地点和商品进行分析。再创造者还会对你在这个星球上出现过的所有录像片段进行分析，细到每一帧，包括你去便利店买了一杯咖啡、站在自动取款机前取钱、紧握毕业证书、毫不知情地闯入他人的家庭视频背景、一边看篮球比赛一边坐在看台上吃热狗等种种片段。

他们是信息处理方面的艺术大师，每一份数据就好比一抹颜料，帮助他们一笔一笔地描绘出你的肖像。每个细节都标示出信息来源的可信度，并利用其他信息进行检查，确认各种信息之间存在一致性。他们收集了大量丰富多彩且彼此关联的事实，为你打磨出一具坚固的外壳。当你从躯壳中消失后，这具外壳将仍然保持着你的外形。

再创造者还会对你的学业记录加以精确的估算，推测在生命中的特定时期你所掌握的知识量。这一信息与你具体的历史记录匹配得严丝合缝。他们重新创造了你每天可能在周遭看到的一切，并通过检查你订阅的报刊复制出了可能会影响你的大事件。

深入剖析这些数据后，他们能对你的各种人际关系进行推敲，琢磨出各种关系发生的具体时间点，比如它们是何时开始、何时结束的，两段关系是不是同时发生的。

从你所填写的各种表格中，从你在网上输入的每一个字眼中，从他人发给你的各种邮件中，再创造者获得了对你的更多了解。他们知道了为什么有人要感谢你、有人要责备你，知道了你的爱人想从你这儿获得的建议、你的朋友想从你这儿得到的帮助。包含你名字的电子邮件联系人名单、你的报税单，都是他们的信息源泉。

早年间，当你从死后世界醒来时，能轻而易举地发现自己只是个复制品，因为你身上缺失了太多的细节。在大多数的日子里，你会感到空虚，由此明白自己只是前世的一个廉价的赝品。

但在拥有了大量数据的今天，再创造者能够完美无缺地重新对你进行构建，实际上，你的死后生活已经成了人间的完美副本。死后的你，感到一切与真实世界如此接近。因此，当你拿起一本书的时候，偶尔会冒出似曾相识的感觉，怀疑自己是否已经活过一次。你也不确定此情此景是第一次出现，还是前世的重演。

Sunn

Sum

4

FORTY TALES FROM THE AFTERLIVES

与神对话

平等主义

生活在死后世界，你发现神理解人生的复杂性。一开始，她屈从于来自同侪的压力，于是和其他所有神明一样，在构建宇宙时，使用二分法将人分成了好人和坏人。但她很快意识到，人可以在诸多方面向善，同时，也可以在其他方面堕落，变得卑劣。

那么，她要如何裁决谁将升入天堂，谁又堕入地狱呢？她心想：有没有这种可能性，有那么一个男人，他挪用了公款，却把钱投入到慈善事业中？或者，有那么一个女人，她与人通奸，却给两个男人的生活带去愉悦和安全感？又或者，有个小孩不经意泄露了秘密，于是令家庭分崩离析？

神在年轻时把人分成好人和坏人，在那时的她看来，这种分类合情合理。但熟谙世事后，她越来越难以做出这样的抉择。她编写了复杂的公式，对几百个因子进行权衡，运行的电脑程序打印出长长的纸条，上面没完没了地印着各种决断。但她敏感的内心对这些自动化技术产生了反感。当电脑生成的决断与她意见相左时，她借机气急败坏地踢掉了电脑插头。整个下午，她倾听来自交战国双方的亡灵所吐露的民怨。双方都备受折磨，都承受着切切实实的冤屈，都言辞恳切地为己方辩护。她捂住自己的耳朵，痛苦地悲叹着。她认识到她的子民是复杂的，而她再也无法生活在自己年轻时所创建的刻板制度下。

并不是所有的神明都会经历这种痛苦。我们很幸运，因为我们的神具有高度的敏感性，能够发觉她的造物拥有难以捉摸的心。在天堂的起居室里，神郁郁寡欢地徘徊了好几个月，像芦苇一样耷拉着脑袋，而外面排起了长队。她的顾问建议她将决断的工作委派他人，但她太爱自己的子民了，无法将他们托付给其他人。

情急之下，她突发奇想，要让所有人永远等待，让他们自行决断。但后来，胸怀博大的她萌生了一个更好的主意：让所有人都在天堂里拥有一席之地。毕竟，设计人类之初已经规定了，每个人的内心都拥有善良的一面。这一崭新的计划令她步履轻快，神采重现。她关闭地狱的营生，解雇魔鬼，让所有人升入天堂，簇拥在她周围。在新制度下，所有人都拥有平等的机会与她对话，不管是新来的还是旧有的，不管是邪恶之人还是正义之士。大多数人觉得她有些唠叨，过于热心，但人们无法责备她对自己的子民不闻不问。

在神的新制度中，最重要的一点就是人人平等。一些人承受地狱之火、其他人聆听天堂竖琴之声的情形将不再出现。死后世界将不再由两极分化的生活来定义。所有人都亲如手足，一种在人间从未实现过的主张第一次成了现实，那便是真正的平等。

无神论者感到困惑和恼怒，因为虽然完美社会终于实现，却是通过他们不愿相信的神祇而实现的；精英分子感到不安，因为他们陷入了没有激励的制度，永远无法脱身。穷人难觅，保守主义者失去了贬低的对象；受压迫者难寻，热心变革之士失去了可推动的事业。最终，神在夜里坐在床边哭泣。因为所有人唯一认同的是，他们如今身处地狱。

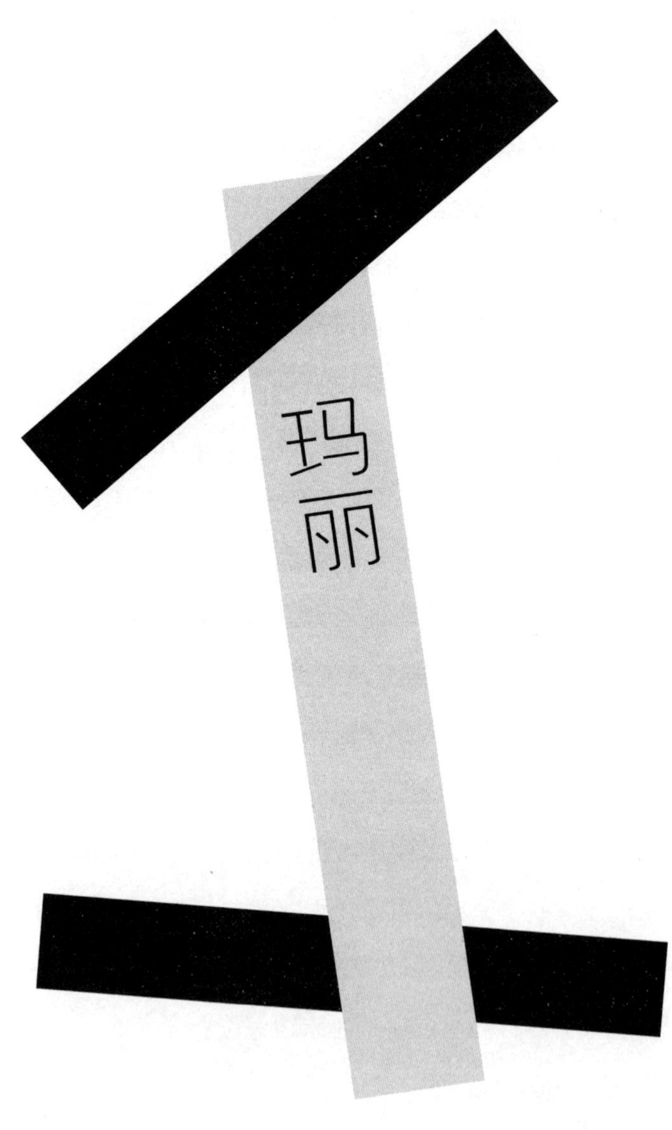
玛丽

来到死后的世界时，你发现玛丽·雪莱[①] 坐在王座上，由一队天使侍奉着，保护着。

一番询问后，你发现神明最喜爱的书是玛丽·雪莱的《弗兰肯斯坦》。夜里，他坐着，用力大无穷的双手紧攥着一本翻得皱巴巴的《弗兰肯斯坦》，时而翻书阅读，时而凝望夜空沉思。

和维克多·弗兰肯斯坦一样，神明也把自己视为一名医生，一位举世无双的生物学家，所有有关生命创造的故事都与他有着深厚而令人痛苦的渊源。他让了无生气的世界具有生命的活力。在他的造物中，很少有谁深入思考过创造所面临的挑战。因此，当玛丽写出那本书之后，他的孤寂处境得到了一丝缓解。

第一次读《弗兰肯斯坦》时，神明认为书中所涉及的工序过于简单化，因此对全书持批评的态度。但读到结尾时，他被彻底征服了。第一次，有人理解他了。这

① 玛丽·雪莱（Mary Shelley，1797—1851），英国著名小说家，因创作《弗兰肯斯坦》，被誉为“科幻小说之母”。

时，他召见玛丽并让她坐上了王座。

要理解神为何流露出这样的感情，你必须理解他的医学生涯轨迹。在利用酵母和细菌进行实验的过程中，神发现了自组织理论[①]。他深深陶醉于这一发明的美。当掌握了其中的一般原理后，他的发明变得愈发复杂。在艺术家天赋的驱使下，他缝制出面目骇人的鸭嘴兽、身形紧凑的甲壳虫、庞大无比的长毛猛犸象、反射着光亮的海豚群。他的技艺变得炉火纯青，只要是他天马行空的想象力能够想到的所有动物，都一一诞生在他灵巧的手指间，其精湛的技艺令人目眩神迷，彰显着他的雄韬伟略。

但在那之后，他无意间突破界限，创造出了人。这是他最引以为豪的造物，是他的珍宝、他的骄傲、他的展品，也是他为之迷恋的创造。

① Self-organizing Theory，本理论是关于在没有外部指令条件下，系统内部各子系统之间能自行按某种规则形成一定结构或功能的自组织现象的一种理论。

对其他动物来说，今日与昨日并无区别，但人不同。人会有所关爱，有所追求，有所渴望，会犯错，会痴心妄想，也会痛苦不堪，就像神明自己一样。

人类在大地上寻觅，发明工具，这令神明感到惊叹。人类发明乐器，让交响曲淌入神的耳中。他惊奇地目睹了人类聚集起来，建起一座座城池，竖起一面面城墙。当人类开始争斗时，神明感到自己的愉悦变成了恐惧。没过多久，人类开始四处侵略。神明试图与愿意聆听的人讲道理，这时，战争已经拉开了帷幕。

他很快发现，自己的控制力比想象中弱。人类确实太多了。他试图让好人遇到好事，坏人遇到坏事，但他并未掌握实现这一步的技术。血腥的杀戮不断增加，亚述人和巴比伦人让战事升级；希腊马其顿人向邻国发起进攻；罗马人也发起猛攻，直到围困了蛮族与哥特人才罢手；拜占庭帝国在鲜血中崛起和陨落；中国人在诱敌和扑杀中循环往复；而欧洲人总在互相打来杀去。神明创造的大地本来拥有明亮的色泽，而今却被人类的鲜血浸透。而他束手无策，无法阻止这一切。

到了最后，人类朝着神明呼喊，请求帮助，希望神明帮他们对付敌军。被掠夺的村民朝他哭喊，血泊中的士兵向他祷告，集中营里的难民向他祈求。而他捂住双耳，朝他们咆哮。

因此，现在的他会将自己反锁屋内，并在夜里带上《弗兰肯斯坦》溜出房间，来到屋顶。他会一遍一遍地阅读维克多·弗兰肯斯坦博士在穿越北极的过程中被自己创造的无情怪物奚落的段落。神明会自我安慰地认为，所有创造其实都会落得这一下场：成为创造者，而后无能为力，最后，逃离自己创造的一切。

Sum

缺失

有关神明性别的争论充满了误导性。我们口中的神其实是一对夫妻：她和他。他们决定以自己的形象创造人类，于是互相妥协，创造出了数量相当的两种性别的人类。

她所创造的每个女人都与她自己息息相通。塑造一个女人时，她会暂时变成这个女人，如此一来，她就能尝试拥有不同的身高、体重、情感、智力、肤色和瞳色。

而他创造每个男人时也同样如此。

某些夜里，他们会彼此摒弃偏见，创造出一个异性的人类，只为看看那会是什么样子。

死后，你会生活在神明的大家庭里，与他们形成一种亲子关系。世界上的所有人都是他们的子女，他们不辞辛劳地努力提升着自己的育儿技巧。

所有父母都会向自己的子女学习，令人振奋的是，他们也会如此。比如，他们并不知道如何以公式来描述宇宙的运作方式，因此，当作为物理学家的孩子第一次清晰地描述他们所创造的一切时，他们大为震惊。

但从另一方面来讲，如果要说这里永远是一个欢乐的家庭，那也有点儿自欺欺人，因为曾经有过那么一段并非如此的时光。他们的婚姻是一场包办婚姻，几千年来，他们对彼此越加不满。对人类进行了多年的细致观察后，他们发现有些夫妻没办法白头到老，有些夫妻会劳燕分飞，会出轨，会离婚，而这些并不可怕，并不会导致宇宙就此停摆。因此，就像所有的父母都会向子女学习一样：他们分道扬镳了。

于是发生了许多不愉快的事。他们用不公正的指控来相互中伤，利用根本不该被提起的个人信息。她深受伤害，想要一血此仇，于是创造了一颗只有女人的行星。而他则创造了一个只有男人的太阳系，以此还击。于是她用女人主宰的陨石包围了他的行星。他们让新兴人类全副武装，男人和女人宣战了，准备拼个你死我活。双方拥有各式各样的武器，从冷嘲热讽到装甲坦克，一应俱全。

但是，奇怪的事情发生了。行星和陨石都静默无声，如低言细语一般，在空旷无垠的太空中缓慢移动。战争没有爆发，连枪声都未曾响起。

他们仔细察看发生了什么，结果发现，离开异性的人类过得十分凄惨。人们失意地过活着，就像存在主义者觉得自己冥冥之中好像失去了极为重要的某物，却又说不出来那是什么一般。

最后，他们放下叉在腰间的手。

几个月以来，她头一次温和地问他是不是生她的气了；作为回应，他亲自下厨，与她共进晚餐。男人和女人的行星得以重聚，种族得以重新延续，人们继续过上充满追求、魅惑、抉择、竞争、诱惑和争论的生活。而他们也相拥在一起，得到解脱，整个宇宙为之松了一口气。

巨人

死后生活伊始，你发现了一宗卷轴。卷轴上潦草地书写着一段话，告诉你如今将有机会见到宇宙的创造者，但前提条件是，你必须是最勇敢的人。你不禁思忖：造物主到底有多么高大伟岸，才会要求拜见他的人都是最勇敢的人？在你的想象中，他的脸庞比月球轨道还要宽大，他的嗓音比一百座维苏威火山爆炸的声音还要响亮。你开始怀疑，即将到来的这场神圣会面或许已经远远超出你贫瘠的想象。

你听到远处传来隆隆的轰鸣声，双腿开始颤抖。你反问自己：我够勇敢吗？能应付过来吗？

等待着你的是一趟精彩的旅程。一路上，你将直面内心的恐惧并打败它。你的自我怀疑伪装成一条条溪流，你会认出它们，然后蹚过河继续前进。

你的骄傲自满是那一座座高耸的山峦，你会辨识出它们，然后让自己沉淀。

你的自怨自艾就像是盘踞在头顶上的乌云，你会发现它们，走出乌云笼罩的阴影。

当走到道路尽头的时候，你重拾自信，相信如今的自己已经做好准备，可以面对面地拜见造物主了。这位大师创造了最伟大的作品，现在你可以一睹他的风采。

你朝着雄伟的城堡大门走去。即便走到今天这一步，响彻在大地之上的轰鸣声还是会让你不禁自问：我是最勇敢的人了吗？我通过考验了吗？你鼓起勇气推开大门，走进大厅，穿过走廊，进入一个富丽堂皇的房间。

你终于看到了那张脸。实际上，它比月球的轨道还要庞大。就连诗人也无法用语言形容你所见到的一切。它就像海洋，展现出最震慑人心的力量和最富韵律的优雅。这张脸看似你父亲的脸，又像你母亲的脸。它将万千学者的满腹经纶收纳其间，将万千仁人的慈悲怜悯囊括其间，将万千陌路之士的神秘莫测隐匿其间。

这张脸让这趟旅程值回了票价。这张脸配得上宇宙的主宰者。

你开始像吸食了毒品一样全身战栗，仿佛被催眠一般心醉神迷。

“你勇敢吗？”如火山喷发一般的轰鸣声响起，把你的头发吹得向后翻飞。

“是的，所以我来到了这里。”你结结巴巴地说。

他的嘴唇如同山谷一般微微地卷起，似乎将要发笑。

而后，你听到了电机嗡嗡作响的声音。那张脸上出现了一道道横向的扫描线，开始起伏不平。荧光闪过，它消失不见了。

在这个富丽堂皇的房间里，一切都消失不见了，只在那张脸之前出现的地方，留下了一块黄色幕布。幕布卷起，出现了一个小矮人，他用皱巴巴的手扶了扶脸上的眼镜，那是一张同样皱巴巴的脸。小矮人饱受痛风病的困扰，还患上了静止性震颤。他佝偻着身体，驼着背，并且已经秃顶了。

你们相互打量着对方。

他说：“我说的勇敢并不是能够直面这张巨大的脸，而是能够直面这张脸消失之后的真相。”

不朽

如果你醒来时发现自己身处郊区，你就会意识到，自己曾经是一个罪人。

倒不是说这里的食宿条件不够好：这里有电视机，可以选择自己喜欢的频道；你周围住着许多邻居，他们时常与你碰面和寒暄；这里的书架上摆满了书，都是些激动人心但荒诞离奇的冒险故事；这里的孩子要上学，大人要上班；这里的工作很轻松，物价也不贵。

你了解到这个地方叫作天堂。我们和神住得很近。唯一令人不解的是，你所认识的那些好人全都不在这里，那些撒玛利亚人、圣人、慷慨大方之士、利他主义者、大公无私的人，全都不在这里。

你怀疑他们是不是去了更好的地方，比如超级天堂，却发现这些好人都躺在棺材里腐烂了，成了蛆虫的食粮。

只有罪人死后还活着。

神为什么要这样安排呢？

人们就此提出各种各样的理论。每个人都有自己的假设，这成了人们在烤肉野炊时逃不开的话题。我们为什么会得到死后生活这样的奖励？显而易见，神并不怎么喜欢这儿的居民，他很少拜访我们。但他希望确保我们还活着。

那位咖啡店的女士坚持认为，神将恶人留下就好比古罗马人培养角斗士一样，到了某个时候他就会让我们殊死相搏，以供他消遣娱乐。

住在对街的邻居则认为，我们是神豢养的士兵，当他向邻近宇宙中的另一位神宣战时，我们就会派上用场，只有罪人才能成为好士兵。

但他们都错了。

事实上，神的生活与我们的生活非常相似。他创造我们时不仅借鉴了自己的形象，也借鉴了自己所处的社会环境。神耗尽毕生的大量时间追求幸福。他通过读书努力地提高自己，参加各种活动来打发无聊的光阴，试图挽救渐行渐远的友谊，思索自己是否应当利用韶华来求取其他收获。

几千年过去了，神变得越来越痛苦。没有什么能让他满意，时间吞没了他。他嫉妒人类拥有短暂的生命，眨眼之间便会终结。

因此，他要让他不喜欢的人受到惩罚，与他一起承受永生不死的痛苦。

距离

在死后世界里，你发现自己身处牛奶和蜂蜜构成的美丽世界。这里没有贫穷、饥饿和战争，只有连绵不绝的山川、小天使和动人的音乐。而你可以向造物主提出一个问题。

你被隆重地领进了宫殿，穿过金碧辉煌的拱廊，来到大殿上。造物主坐于王座之上，笼罩在夺目的光芒中。

你无法睁大双眼直视他。

但你还是勇敢地站在他面前，问道："你为什么要住在这种地方呢？这里离人间那么远。为什么不和我们并肩作战？"

这个问题让造物主愣了一愣。显然，很久没人问过这个问题了。在明亮的光芒中，你很难看清他的表情，但他温柔的双眼似乎有些湿润了。

他感伤地凝视着天空，回答道："我曾经在人间生活过。我呢，并不是一个精力充沛的人，但我还是在不同的国家各有几处居所。我住在人间的时候，所有邻居都知道我住在哪儿，他们会向我挥手示意。我可是非常受欢迎呐。

“生活在人间，我能让一切顺利地运行。就像你说的，我和你们并肩作战。我步行走过每一寸土地，闻着人间的味道，感受着指间的泥土。生活在这片土地上，我积极享受着我所创造的一切。

“但是有一天，我来到其中一处住所时，发现所有的窗户都被人打破了。”

他痛苦地回忆着。

“然后，另一处住所也发生了同样的事。我不知道这是谁干的，也不知道他们为什么这么做，但这一切让我想到，我曾经享有的尊重已经不复存在。人们开始在马路上把我拦下来。有一天清晨，我被吵醒了，发现人们簇拥在我的车道上抗议。”

他沉默了，泪眼蒙胧，思考着什么。

你清了清嗓子，问：“所以从此以后你就来这儿了？”

“我来这里的原因，和医生身着白大褂一样。”他回答，“医生这么做不是为了让自己得到什么好处，而是为了你们。”

尺度

有一段时间，我们为与神明的分离感到忧心忡忡。但后来，这种担忧烟消云散，因为先知启发了我们，让我们对这一问题有了全新的理解：我们是神明的器官，是他的眼睛和手指，是他探索宇宙的手段。我们是神明身体的一部分，这种深厚的联结感让我们感到好受了些。

但我们逐渐发现，我们与神的感觉器官并没有太大关联，而是与他的内脏器官息息相关。

无神论者与有神论者一致认为：有了我们，神才能够存活下去；如果我们抛弃了他，他就会死去。

我们是构成神明身体的细胞。

一开始，我们对此感到骄傲自豪。但后来，真相浮出水面，原来我们是他的癌细胞。

我们不停地分裂、繁殖。对于组成他的这一小部分细胞，他已经无法掌控了。我们不断发展壮大，肿瘤的生长让他呼吸困难，并危及他的血液循环。

神和他的医生试图阻止这一切，但我们太顽强了。他用暴风、地震、瘟疫来对付我们。

我们溃败四散，然后重新聚集在一起，卷土重来。我们的抵抗力越来越强，并且不断地繁衍生息。

最终，神决定停止对抗，接受这一切。在洒了消毒水的绿色走廊交汇处，他安静地躺在病榻上。

有时，神会思考：我们是不是故意跟他对着干？他所宠爱的子民是不是在觊觎了解他的身体，通过动脉系统在他伟大的躯体内不断转移呢？……

他认为我们四处游走的目的并不单纯。

而后，他开始注意到，虽然他无法阻止或伤害我们，但有些东西能够办到这一点。

在更小的尺度上，他目睹我们与自己的白血病、淋巴癌、乳腺癌、黑色素瘤对抗，目睹他的子民接受化疗和放射疗法，目睹他所创造的人类被组成自身的亿万细胞不断蚕食。

神恍然大悟，从他的病榻上直坐而起：所有仰仗着更小尺度的生物而诞生的造物，最终都会被这种尺度的生物所毁灭。

ſum

缰绳

一开始你就注意到，这里有许多颠三倒四的地方。比如说好人掉入地狱，恶人升上天堂。你想找前台的女士咨询一下这是什么情况，却发现她冥顽不灵又傲慢无礼。她让你到 7 号队伍那边去排队，填好投诉单，再将单子交到 32 号柜台。排队的时候，你和后面的女子交谈起来。你发现在很久以前，死后世界就由委员会接管了。

原来，在最开始的时候，神的权力曾被剥夺。那时，他对工作负荷逐渐失去了控制。人类开始随心所欲地过活，偷情的越来越放肆，犯法的越来越猖獗，罪行不断升级。于是，神突然意识到，自己并没有能力经营如此大规模的组织。人类旺盛的繁殖力导致人口数量飞速递增，加重了死后世界的管理工作。世界上每个人的档案都要被妥善地记录，所有的罪过和善举都要持续不断地更新。神尝试过独自承担这些工作，他不停地用铅笔在纸上书写，速度太快以致笔尖都冒出火花。

除了这些，宅心仁厚的神还为所有动物筹谋了舒心的死后生活，这又为他增添了许多工作量。神感到精疲力竭，但他毅然决然地表示，自己绝不会违背有关死后世界的承诺。他不会抛弃任何造物，哪怕是一个婴儿，一只小动物，一只昆虫，谁都不会被他排除在外。既然他已经立下了承诺，就一定要坚守到底。

天使在一开始的时候就帮着神处理各项工作，他们忧心忡忡地观望着这一切，发觉整个世界的运转可能要超出神的掌控了。因此，他们开始到处散播不和谐的种子，声称神若离开了他们，绝对无法拥有今日的成就。眼看这一体制日渐混乱，他们开始处心积虑地盘算如何上位。

随着人类科技的进步，天使借此让工作流程变得自动化。20 世纪 70 年代，他们还需要在无数的穿孔卡片中飞快地翻阅；而到了 20 世纪 90 年代，他们就已经将工作大幅精简，仅利用一间仓库的电脑就能处理之前的全部事务了；到了世纪之交的千禧年，他们用上更为精密复杂的内部网络，以此对所有灵魂的归宿进行实时跟踪。神素以作风老派而闻名，但他的权力缰绳日益松动，即将从股掌中脱落。

从那以后，很少有人再去拜访他了。神变得形只影单，找不到理解自己的人。他常常邀请马丁·路德·金和甘地这样的人一起小聚。他们坐在阳台上，喝着茶，聊着那些将元老级创始者轰赶下台的运动，为此感到悲痛不已。

缺席

天堂的样子与人们口中津津乐道的模样差不多。

那里是一个冬暖夏凉的好地方，天使在那里弹奏着竖琴；有一座巨大的花园，花园里有各种各样的动植物。但是，当你第一次来到这里时，你惊讶地发现，这里所有的一切都年久失修。花园超大，但常年无人打理；面黄肌瘦的天使坐在毛毯上，破旧的竖琴前摆放着小纸杯，讨要施舍。当你从旁经过时，他们会弹奏一曲小调。这里的天气的确温暖宜人，但天空雾蒙蒙的，一片灰暗。

神走了。传言说，他已经出走很久了，自称很快就会回来。

有人认为神从没打算要回来，有人说他疯了，也有人说他是爱我们的，但他要去创造新的宇宙。有人说他是负气而去的，有人说他患上了阿尔茨海默病。有人说他去午休了，有人说他去过节了。有人认为神根本就不在乎我们，还有人认为神是在乎我们的，但是他已经死了。有人认为神去哪儿了的问题根本就没有意义，因为他从来就没有出现过。或许，这里是外星人建造起来的，根本与神无关。有人提出，死后的世界可能是由自然科学规律形成的也未可知。还有人预言神随时都会回来，他们指出神的一天对应于我们的一千年，或许他只是在午后开车出去溜达了。

不管神失踪的原因是什么，天堂里的花园很快就要没落成霍布斯丛林了。人们根据各自提出的失踪理论，摩拳擦掌地选择了自己的阵营，他们之间的争论如同直冲云霄的黑烟。一天，有人在花园深处的某个地方发现了神在很久以前留下的一个脚印。人们试图考证这个脚印所处的年代，但他们无法达成一致的看法。

之后，不可思议的事情发生了。争端出现了，火光亮了起来，爆炸声响起来了。在神圣的天堂里，战争爆发了。新来的人直接被带进了新兵训练营，学习如何使用武器。这儿所有人都会告诉你，死后世界早已不是从前那般光景。如今的我们升级了，站到了战争的最前线。

在这场全新的战役里，战争的焦点并不是神的定义，而是他的去向。新战役是为了打击那些相信神即将回归的异端分子所轰炸的是那些不相信神将要去开创新宇宙的人；新三十年大战的双方，一边是相信神罹患了疾病的人，另一边是认为这种想法亵渎神圣的人；新百年战争中，一方认为神一开始就从未存在过，另一方则认为他只是和女朋友共度浪漫旅行去了。

这就是历史，是导致你此刻处境的原因。现在的你，坐在一棵落叶的大树下，耳边不断传来机枪的轰鸣。落叶剂令你的鼻子疼痛难忍，火箭炮让夜空变成了白昼。落叶从你的身旁飘落，而你手里握着被鲜血染黑的土壤。在你看来，神并不存在，而此情此景印证了你的信念。

三棱镜

打一开始，神就铁了心要让所有人参与到死后世界中来，但计划还没来得及筹谋实现，他就已经被年龄问题搞得焦头烂额了。在死后世界里，大家的年龄应该是多少岁呢？某位老奶奶应该保持她离世时的高龄，还是应该摇身一变，成为一位年轻的少女，让初恋情人能一眼认出她来，但孙女却与她见面不相识？

神认为，让人们保持临终时的岁数不公平。那时的他们，已经不再风华正茂、年富力强了。但是，让所有人都变成年轻人也并非长久之计，因为这样一来，死后生活就变质了，人们将痴迷于男欢女爱，永远沉湎其中。而如果让所有人都变成中年人，那他们就只会关心子女和贷款，死后世界里的话题将永远单调乏味。

终于，在看到光线通过三棱镜发生色散时，神想出了一个万全之策。

于是，当你到达死后世界的时候，会拥有年龄各异的多个分身。从前的你是作为单一身份而存在的，但现在的你却同时拥有不同的年龄。你的这些分身的年纪再也不会改变了。所有的你都将超脱于时间之外。

这需要一些时间来适应。你的不同分身可能会在杂货店里撞见彼此，好比人间那些劳燕分飞的人们。你76岁的分身可能会重游最喜欢的小溪，在那里遇见11岁的你；你28岁的分身可能会在餐桌上和恋人分手，同时注意到35岁的你回到了这个地方，对着空荡荡的座位徘徊怅惘。

通常情况下，你的不同分身很高兴能遇到彼此，因为他们拥有相同的名字和共同的经历。但是这一个个的你在对待自己的时候比对待别人更为严苛，于是，每个分身很快就发现了彼此身上让人讨厌的习惯。

这就是死后生活的真相。当你分解成不同年纪的分身后，这些不同的你往往会各奔东西。不必对此感到大惊小怪。

你会发现，在8岁、32岁和64岁的你之间，并没有想象中那么多的相同之处。18岁的你和其他同龄人的相似之处，远远多于和73岁的你所拥有的相同点。73岁的你并不在乎这些有的没的，他希望与其他同辈人聊一些有意思的话题。除了名字之外，你的分身们就再也没有什么共同之处了。

但不要就此感到绝望，你们还拥有共同的父母、出生地、籍贯、学生时代、初吻，这些共同的人生履历是一种情怀，它具有一股磁力，让分身们时不时地聚在一起。这就像家庭团聚，所有年龄的分身都会置身于同一个房间里。在这团圆的时刻，你的中年分身会兴高采烈地揉捏着年轻分身的脸蛋，而少年分身会礼貌地聆听年长分身讲述的故事和人生建议。

这些聚会表明，这群个体苦苦寻觅着一个共同的主题。你的名字让他们成为统一体。

但他们很快发现，这只是人世间的一个名字，拥有这个名字的你陆续成了不同身份的人，就像是来自不同树木的一捆树枝。他们惊讶地发现，这个曾经存在于人世间的各种身份的集合体竟如此复杂。他们颤抖着作出推断，认为人间的你已经在死后世界里彻底消失，无踪可觅。他们承认，你就是所有的分身，而你又什么都不是。

Sum

众神

世上不止一位神明，而是有许许多多的神，不同的神掌管着不同的领域。尽管古人对此做出了最接近真相的猜测，但事实上，神明并不是以战争、爱、智慧这样的分类来管辖世界的。他们的分工实则更为细致。

譬如某一位神掌管的是由铬合金制成的物体，而另一位神则掌管着旗帜，还有掌管细菌、电话、泡泡糖和勺子等不同的神。在神明庞大的官僚体制中，以上这些神不过是冰山一角罢了。

世上总会存在富有争议的管辖领域。正是在这些领域的管理决策，决定了世界的随机性。每一件有意思的事情都发生在权力范围的边界地带。

因此，虽然你可能会因为这世上存在神的意志而感到欢欣雀跃，但也可能会失望地发现，神明们无法认同彼此。此类事件频频出现，导致神明无法对任何事情的结果感到满意，除非数据统计暂时出现了差错。

正如希腊人猜测的那样，神明之间存在着激烈的竞争。由于风险极低，嫉妒之争无所不在。神明非常清楚，他们自己并不够强大。因此，为了出人头地，他们利用自己随机获得的天赋和手中寥寥可数的王牌竭力争胜。他们发现自己在不停地与陌生人打交道，于激烈的竞争关系中努力谋求平步青云。许多神曾这样怀疑：如果他们团结起来，集合众神之力，或许会成就一番了不起的伟业。但一己私欲阻止了他们那样做。

最近，有一个很流行的理论指出，正是由于神无法协同一致，才让我们逃过了被他们毁灭的命运，这是我们逃过一劫的唯一原因。但事实上，神对我们喜爱有加，努力保护着我们。当奋力打拼、疲惫不堪的时候，他们会坐下来观察人间交通拥堵的场面。他们眼睁睁地看着人类司机如何在城市里苦苦争求一处属于自己的领地，如何借由层层玻璃和钢铁与邻里相隔离。有些人会掏出手机与亿万人类中的某个朋友联络。

从车窗向外眺望的每一个人类都感受着强烈的喜悦和悲伤，仿佛自己的喜怒哀乐是这个世界上唯一存在的真情实感。

在神所创造的所有造物中，他们对我们偏爱有加。因为我们是唯一能够与他们的烦恼产生共鸣的物种。

种子

虽然我们把创造人类的伟业归功于神，但他其实并不具备完成这项壮举的娴熟技艺。真正由他创造出来的，是外形各异的各色原子，这无意间推倒了第一块多米诺骨牌。电子云发生碰撞，形成分子，组成蛋白质，最终产生了细胞，它们又发展为像相思鸟一般相互依靠的形态。

神发现，如果让太阳以适当的距离对地球进行加热，生命就会自然而然地诞生。

与其说他是造物主，不如说他是一个交了好运的分子工匠。他只是起了个头，把各种物质统统混合在一起，创造便应运而生。

对于这些精妙的生物学结果，他和我们一样感到震惊。在悠闲的午后，他常常穿梭于林间或海底，陶醉在始料未及的美丽之中。

作为崭新的物种，我们偶然之下获得了知觉，从而目睹了神以闪电进行实验，与旋风追踪赛跑，与喷薄的火山嬉戏，我们对这一切感到敬畏不已。这些奇观让我们这个美丽的新物种感到敬畏和困惑，这远远超出了神的期望。

他并不希望被冠以任何名不副实的声誉，但欢呼喝彩声却不请自来。他发现人类拥有无穷无尽的爱，无法阻拦。我们很快便成了他最心爱的物种。

神和我们一样，会就内脏器官的精妙协作、全球气候系统的变幻莫测和海洋生物的神秘群集进行思索，并感到肃然起敬。他并不清楚这一切是如何运行的，但他是一位好奇而聪颖的探索者，孜孜不倦地追寻着答案。然而我们却认定，所有创造都在他的策划之中。面对我们虔诚的崇拜，他只能向诱惑投降，不再修正我们的错误。

近些年来，我们这个物种变得越来越聪明了，对神来说，这是一桩意想不到的麻烦事儿。

曾经的我们见识浅薄，很容易大惊小怪，动不动就顶礼膜拜。但如今，我们以各种公式取代了过去的愚昧无知，破解了从前常常落入的圈套；我们利用物理定律预测正确答案，为从前一筹莫展的知识领域推敲出更加合理的解释。

对神来说，我们所掌握的物理理论是相当复杂而陌生的，当他试图理解这些理论时，他的血压一下子就升高了。

这样一来，神陷入了一种微妙的境地。

古书上曾描述过神是如何将所有神迹降于埃及，但现在的他忧心忡忡，因为他已经没有任何可以降于人世的神迹了。

更让他担心的是，如果他尝试那样做，我们就会发现其中的端倪。他现在的处境就好比一位只为小孩表演的业余魔术师，如今却要表演给不好糊弄的成人看。

过去的一千年里，奇迹越来越少，这恰恰反映了上述的一切。神是如此高贵，不肯以虚张声势唬人，一想到要被抓现行、被识破业余身份，他就感到无地自容。这就是为什么神越来越频繁地与他心爱的物种保持距离的原因。

神变得越来越沉默寡言了。于是，作为他的营销团队，圣人和殉道者赶来填补他的空缺，为他撰写了悠久而冗长的编年史。如今，他更加无地自容了，因为他没有早一些挺身而出阻止他们。他只好与世隔绝。

不过，故事的结局是喜剧。

最近，神开始直面自己的局限，和我们走得更近了。他站在天庭中观察我们，仔细地研究我们，从而明白了，他的臣民完全能够理解他的立场。他的所见所闻无不是名实不相符的处境。

父母生下子女，但却无法掌控子女的人生；政客轻而易举地开动了“国家”这艘船舰，却将其驶向没有光明的未来；狂热中的恋人并不知道承诺的未来在哪里，却就此缔结了婚姻……

他研究了偶然之下形成的共同的地理位置是如何导致了友情、发明创造、怀孕、生意和车祸。他意识到，不管我们愿不愿意，每个人都在推倒多米诺骨牌，但没人知道这些骨牌最终将导致什么事情发生。

在死后世界里，神在意外之下创造出来的臣民温馨地陪伴在他的身边。现在，他终于可以宽心了。他就像节日里的一位祖父，坐在长长的餐桌前看着自己的子子孙孙。他感到骄傲、莫名的责任感，以及一点点惊讶。

神之墓地

由于死后世界是一种审判形式，我们可能会认为这里没有动物，因为动物无法对自己的行为负责。幸运的是我们错了。如果死后世界没有动物，那将会多么寂寞呀。我们欣喜地发现，在死后世界里，狗、蚊子、袋鼠和其他各种生物随处可见。当你来到这里，环顾四周，会轻而易举地发现，曾经存在过的所有一切都将在这里继续存在。

你开始意识到，永垂不朽的恩典也适用于我们自己所创造出来的一切。

在死后世界里，手机、马克杯、陶瓷小摆件、名片、烛台、飞镖盘随处可见。拆掉的军舰、报废的电脑、损坏的储物柜，这些曾被毁坏的东西也都回到了死后世界里，变得完好无缺。我们曾被告诫这些身外之物是带不走的，但事实却相反，我们所创造出来的一切都成了死后生活的一部分。只要被创造出来了，就能够永垂不朽。

令人惊奇的是，这个规则不仅适用于有形的造物，也适用于精神上的造物。因此，我们所创造的神也来到了死后世界中。

当你独坐在咖啡馆里，可能会遇见闪族的瘟疫与战争之神瑞舍夫，他前额上长着一头瞪羚的头，用感伤的眼神打量着窗外的行人。在杂货店的过道上，你可能会撞见巴比伦的死神涅伽尔、希腊神话里的阿波罗，或是印度神话中的楼陀罗神。在商场里，你可能会遇到火焰与月亮之神、性和繁衍之神、倒地战马与逃遁奴隶之神。虽然他们会伪装自己，但他们庞大的身躯和狮头、千手或爬行动物的尾巴等特征往往会让他们轻而易举地被认出。

他们都很孤独，这很大程度上是因为他们已经失去了自己的追随者。他们曾经能够治病救人，扮演着生死之间的媒介，曾经负责分配粮食、保护忠诚的追随者、替信徒复仇。但如今，没人知道他们的名字了。他们从未要求过要诞生于世，如今却发现自己将永远困于此地。只有在极其罕见的情况下，才会出现少数旧神的追随者，他们重新燃起了对某个古老神明的信仰，但也往往昙花一现。神明认识到，自己将永陷此地，他们手里可出的牌不过是有仇必报的个性、嫉妒心、失去法力的亲人及永垂不朽。

当你向四周打量时，会发现成千上万的神明，有阿兹特克的死神米克特兰堤库特里、中国的齐天大圣孙悟空，还有北欧神话里的奥丁。在死后世界的电话簿里，你能找到澳洲土著传说中的彩虹蛇、普鲁士神话里的土地与牲畜之神赞帕特、温德族传说中的森林恶神贝尔斯特科、阿尔冈琴神话里的伟大神灵、撒丁岛神话中的梅蒙、色雷斯传说中的风与雷电之神兹伯瑟厄多斯。饭店里，你可能会偷听到巴比伦海神提亚玛特与风神马杜克之间的对话。马杜克曾将提亚玛特劈成两半，他们现在依然关系冷淡。提亚玛特不断挑剔着盘里的食物，对马杜克抛出的话题只做冷漠简单的回应。

有些神明彼此是有渊源的，而另一些就无从追溯宗谱了。他们都倾向于拒绝接受死后世界所提供的免费住房，这是他们的共同之处。没人知道这是为什么，但这很可能是由于他们无法接受自己要堕落到和曾经的崇拜者共处一室的念头。

因此，他们的夜晚是寂寞的，无家可归的他们在城市的边缘地带相互依偎，躺在宽广的草地上睡去。

如果你对史学和神学感兴趣，可以步行穿过神明栖息的这处安静场所，你将看到被遗弃的神明东倒西歪地躺着，直到地平线消失的地方。

在这儿，你可能会遇见菲律宾他加禄族的创造之神和他的死敌蜥蜴之神；如今已经没人关心这些恩怨情仇了，他们正在共酌一壶孤独的酒。

在这儿，你会看见图阿莫图群岛的光明之神艾特和他的儿子塔内；正当风华正茂的塔内曾用祖先法图特瑞的闪电杀死了自己的父亲，如今这一家老小无所事事地围坐在一起，世代恩怨已经随风飘散，波澜难以再兴。

你会看见毛利人的风雨之神，他倾注了毕生的心力来惩罚让父母分开的兄弟；如今他的崇拜者已经不见了，呼风唤雨的法力也消失了，在风和日丽的天空下，他和兄弟正坐在地上打扑克牌。

你还会看到俾格米族的姆巴提人神话里的至高神；他抓着两条蛇组成的弓，直到现在还坚信凡人会把他的弓看作彩虹。

这里还有日本神话中的火神迦具土，他出生时烧死了自己的母亲；如今他的身上有一股淡淡的烟熏味，这是他曾经驭火的唯一证据。

这一片神明所在的土地就像一座博物馆，是一部田园诗般的神话百科全书，是人类创造力与物化能力的证明。那些古老的神明已经习惯待在这里观察我们，而新晋的神明则为自己从受万人敬仰跌落到被世人遗忘、从殉道事业堕落到旅游观光业的迅速转变感到心凉。

虽然神明选择在此聚集，但其实他们无法容忍彼此。他们为自己身处死后世界感到迷惘，但内心深处却仍然坚信自己还掌管着一切。他们之所以能够达到至高无上的巅峰，通常是由于好胜心，所以他们仍然希望获得高于其他所有人的权力。但在这里，他们再也无法享有高人一等的地位了，倒是在集体被遗忘的过程中，他们所受到的伤害不分伯仲。

在死后世界里，只有一件事情是他们所青睐的。由于他们的有仇必报是出了名的，在折磨的艺术上也匠心独运，因此，此处这一地狱令他们折服不已。

Sun

背教者

在死后世界里，你遇到了神。让你感到惊喜的是，她和人们心目中的模样并不相同。所有宗教曾经形容过的那些品质她都有，但她还具备一种未有人提及过的神圣的伟大。她就像盲人口中所形容的大象一样，人们对她只有一知半解，未能理解她的全貌。

她将《真理之书》递到你面前，从她水灵灵的双眼里，你能够看出她的喜悦。这本书清晰地阐述了你一生中所遇到的种种问题，没有生涩难懂的哲理，也没有留下任何未解之谜。

她兴致勃勃地向你揭开谜底。在观察她的同时，你内心深处开始产生怀疑，怀疑她惧怕思维极其敏捷的神学家早已猜出答案。所有的线索都已浮出水面，只是各人有各人的背景，这帮了一把倒忙。她目睹人们的偏见和传统思维妨碍他们以清晰的思路对神学问题进行猜想，你注意到她为此而松了一口气。

文化就像人们的眼罩，正因为它的存在，神才能够保有这令人艳羡的地位，终日忙于为死后进入下个次元、来到她面前的人揭晓宇宙的终极奥义。

据她推测，如果人们能够完全摆脱传统的束缚、先人的主张、童年的歌谣，就能够轻而易举地得出正确答案。这就是为什么她总是对背教者处处提防。这些人拒绝接受自身宗教信仰的教义，追求着看上去更接近真理的东西。她不喜欢他们，因为他们似乎更有可能做出正确的猜想。如果你认为神对那些忠于自己信仰的人特别宠爱，那你就说对了，但你所想到的原因可能是错的。神之所以喜欢他们，只是因为他们在思维智力方面并不是冒进者，因此必然会得出错误的答案。

当人们来到死后世界时，神会让背教者站在她的左边，让忠实信徒站在她的右边。背教者搭上了向下的电梯，只有忠实信徒留在天堂里。每天，神要迎接新来的两千多种宗教团体的忠实信徒。她看着他们研读《真理之书》，等着他们对书中的内容大彻大悟。

但真理未能令人们信服，她的计划出现了严重的差池。新来的忠实信徒冷静而沉着地坚守着他们来到这里之初所拥有的信念。要让他们对那些有悖于毕生经历的迹象给予考量，他们感到一万个不情愿。因此，神变得不受待见，成了孤家寡人。那些拒绝相信的信徒们就好像绵延不绝的云朵，将踽踽独行的她簇拥围绕着。

小时候，最喜欢的电视剧是《新白娘子传奇》。白素贞为了报答许仙当年的救命之恩，修炼了一千多年，化为了人形。

也听过各种鬼怪故事。黄泉路、奈何桥、孟婆汤也早早地成了耳熟能详的名词。喝过孟婆汤的人会忘记今生的一切，干干净净地投胎转世。

为了让我们听话、乖巧，大人们常常煞有介事地编造谎言。他们会告诫我们：人要是做了坏事，死后就会被投入十八层地狱，被油锅煎煮，被皮鞭抽打，永世不得超生。

……

我们就这样长大。

几乎从懂得“死亡”二字的意义那天起，我们就开始发问：人死后，到底会去哪里？会步行走入一条冗长得没有尽头的黑暗甬道吗？要花费人间多少时辰才能看到光明？那些生前在痛苦中离世的人，死后还会感觉到临终前的疼痛吗，还是能够获得超脱？人死后，能随心所欲地回到人间吗？七月十五的夜里，能否在亲人的念叨中回到家里，喝一口酒，领回一堆在另一个世界里流通的货币？还是说，逝者都变成了星星，在遥远的夜空中静默地注视着人间的亲眷……

在所有问题当中，我们问得最多的恐怕是：人死后，会有“来世”吗？

信仰上帝的人祈求死后能升入天堂；信佛之人相信世间存在“六道轮回”。“来世”是一个带有唯心色彩的词语，你甚至可以说它是一种彻头彻尾的迷信，但它同时也具有致命的吸引力。它给予我们一种慰藉，如同一场盛大而华丽的梦。

活着的时候，我们仿佛总在经历“十之八九”的人生不如意之事。生活中有太多的痛苦和无助，于是“来世”变成一种安慰：我们期盼“来世”过上充满“十之一二”如意之事的生活。

我们兜兜转转，汲汲营营，而后却不得不承认天赋和能力的有限，承认自己无力实现人生的所有理想和抱负。“来世”于是又变成抚平人生缺憾的梦。我们将理想转交给“来世”的自己，让他/她来完成我们的传奇。

经历了分娩之苦的新妈妈可能戏谑地向亲朋宣告，下辈子投胎一定要成为男人；吃不上饱饭的打工仔希望下辈子能成为富二代；脸上长胎记的少女对着镜子虔诚许愿，哪怕下一世相貌平平，甚至丑陋不堪，都希望能够拥有一张无瑕的脸。某个时刻，或许你也曾看着家里追着尾巴转圈的宠物幻想，下辈子做一只宠物，活得像它一样悠游。

“来世”正是那围城之外的世界，是每一个围城里的你我所能拥抱的梦。

和你我一样，本书作者大卫·伊格曼也对死后世界充满了好奇。但在他看来，“死后世界”远不只“来世”那么简单，他所写就的远胜于我们聊以自慰的现实世界之黑洞。他抱负很大，想要通过对死后世界的描摹来掀开有关世界的另一种“真相”：一种我们从未见过、无人向我们讲述、没有人能够证实但又无法被轻易戳破的“真相”。

他以天马行空的想象力绘制出40个关于死后生活的故事。当我说天马行空的时候，请不要误以为这40个故事只是40个奇大无比的脑洞，如同脱缰的野马，奔着奥妙宇宙、量子力学驰骋而去，留下我等凡夫俗子云里雾里地杵在原地。他的想象力以已知世界为基石，故事则根植于我们的日常生活。因此，它们便不像某些科幻故事一般高不可攀了。这 40 个故事并没有铆足全力，妄图塑造一种“生活在别处”的太平盛世之观。满腹期许的读者很可能会失望：作者所写的“死后世界”不过是现实世界的翻版——同样充满了让人颓然无力的缺憾。

说好的极乐世界去哪里了？有的故事太过真实，稍有阅历的读者便会对其力透纸背的人性刻画感到会心一击；而在另一些故事中，我们将体会到作者无拘无束的想象力。我们会不禁疑惑：难道他是来自未来世界的预言家，悄悄在这些故事中混入了伪装的神迹?

得益于作者别出心裁的立意，这些故事必然会或多或少地突破我们原有的认知和信念，但这不正是它们所具有的价值吗? 得益于作者生动形象的描绘，我们的解读也变成了一个趣味盎然、酣畅淋漓的过程。

在翻译的过程中，跟随文字的描述，我的脑海中时不时地闪现出一幅幅栩栩如生的画面。这让我很佩服。他仿佛已不再是一位执笔的文学家、哲学家，摇身一变成了摄像机后面的电影导演。在他生动的描绘之下，这 40 个故事成为 40

个充满了哲理的微电影。

如本书开篇所言，如果将我们的人生重新排列，把性质相同的事件集中在一起，或许我们会发现，在这一生中，我们要花不少时间思考死后的经历。但是，无论脑洞多么奇妙，想象的死后世界多么色彩斑斓，我们总要从这场白日梦中抽身而出、回归现实。我们需要把握、实实在在能够拥有和把握的，只有现在，此时此刻，只有这一次如同爬满虱子的华丽长袍一般的生命。

对每一位读者来说，从死后世界的角度来窥视现实世界的“真相”，无异于戴上一副全新的透镜，来看待自己的当下。生死这样宏大的主题总是充满强劲的爆发力，冲击着我们的三观。就我自己而言，我非常认同作者写到的一点：对于活下去的动力来说，有限的生命与不可预料的死亡时间都是必不可少的要素。

如果每个人都能牢牢记住活下来是一种概率，生命随时随地都可能销陨，那么我们度过的每分每秒都将更有意义，不再满是苦痛、了无生趣，也不会得过且过。遗憾的是，我们没法做到这一点，没法全天候保持清醒。大多数人过于聪明地认为，死亡是 70 岁以后才需要思考的问题，新闻里那些戛然而止的生命才是一种概率。

我不知道作者本人有没有这样的意图，但我认为对一本讲述死后世界的书，它更重要的意义是给予活着的人“如何去活”的启示。希望每一位读者都能在阅读之后，得到适用于自己的那份收获。

2018 年端午节于重庆

未来，属于终身学习者

我这辈子遇到的聪明人（来自各行各业的聪明人）没有不每天阅读的——没有，一个都没有。巴菲特读书之多，我读书之多，可能会让你感到吃惊。孩子们都笑话我。他们觉得我是一本长了两条腿的书。

——查理·芒格

互联网改变了信息连接的方式；指数型技术在迅速颠覆着现有的商业世界；人工智能已经开始抢占人类的工作岗位……

未来，到底需要什么样的人才？

改变命运唯一的策略是你要变成终身学习者。未来世界将不再需要单一的技能型人才，而是需要具备完善的知识结构、极强逻辑思考力和高感知力的复合型人才。优秀的人往往通过阅读建立足够强大的抽象思维能力，获得异于众人的思考和整合能力。未来，将属于终身学习者！而阅读必定和终身学习形影不离。

很多人读书，追求的是干货，寻求的是立刻行之有效的解决方案。其实这是一种留在舒适区的阅读方法。在这个充满不确定性的年代，答案不会简单地出现在书里，因为生活根本就没有标准确切的答案，你也不能期望过去的经验能解决未来的问题。

湛庐阅读APP：与最聪明的人共同进化

有人常常把成本支出的焦点放在书价上，把读完一本书当作阅读的终结。其实不然。

时间是读者付出的最大阅读成本
怎么读是读者面临的最大阅读障碍
“读书破万卷”不仅仅在“万”，更重要的是在“破”！

现在，我们构建了全新的“湛庐阅读”APP。它将成为你“破万卷”的新居所。在这里：

- 不用考虑读什么，你可以便捷找到纸书、有声书和各种声音产品；
- 你可以学会怎么读，你将发现集泛读、通读、精读于一体的阅读解决方案；
- 你会与作者、译者、专家、推荐人和阅读教练相遇，他们是优质思想的发源地；
- 你会与优秀的读者和终身学习者为伍，他们对阅读和学习有着持久的热情和源源不绝的内驱力。

从单一到复合，从知道到精通，从理解到创造，湛庐希望建立一个“与最聪明的人共同进化”的社区，成为人类先进思想交汇的聚集地，与你共同迎接未来。

与此同时，我们希望能够重新定义你的学习场景，让你随时随地收获有内容、有价值的思想，通过阅读实现终身学习。这是我们的使命和价值。

湛庐阅读APP玩转指南

湛庐阅读APP结构图：

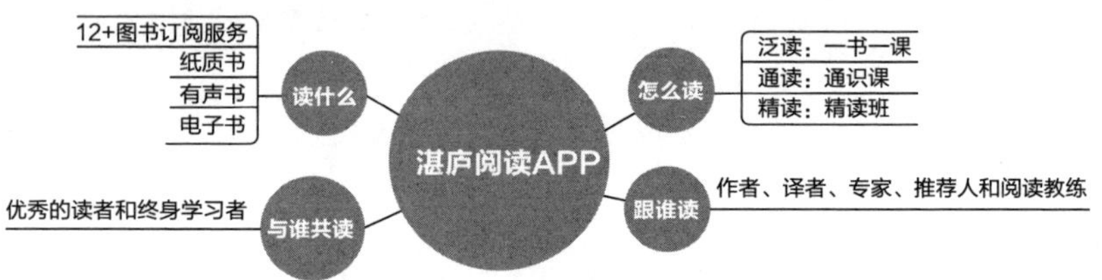

三步玩转湛庐阅读APP：

读一读

湛庐纸书一站买，
全年好书打包订

听一听

泛读、通读、精读，
选取适合你的阅读方式

扫一扫

买书、听书、讲书、
拆书服务，一键获取

书城

精读班 一书一课 通识课

扫一扫

APP获取方式：

安卓用户前往各大应用市场、苹果用户前往APP Store
直接下载“湛庐阅读”APP，与最聪明的人共同进化！

使用APP扫一扫功能，
遇见书里书外更大的世界！

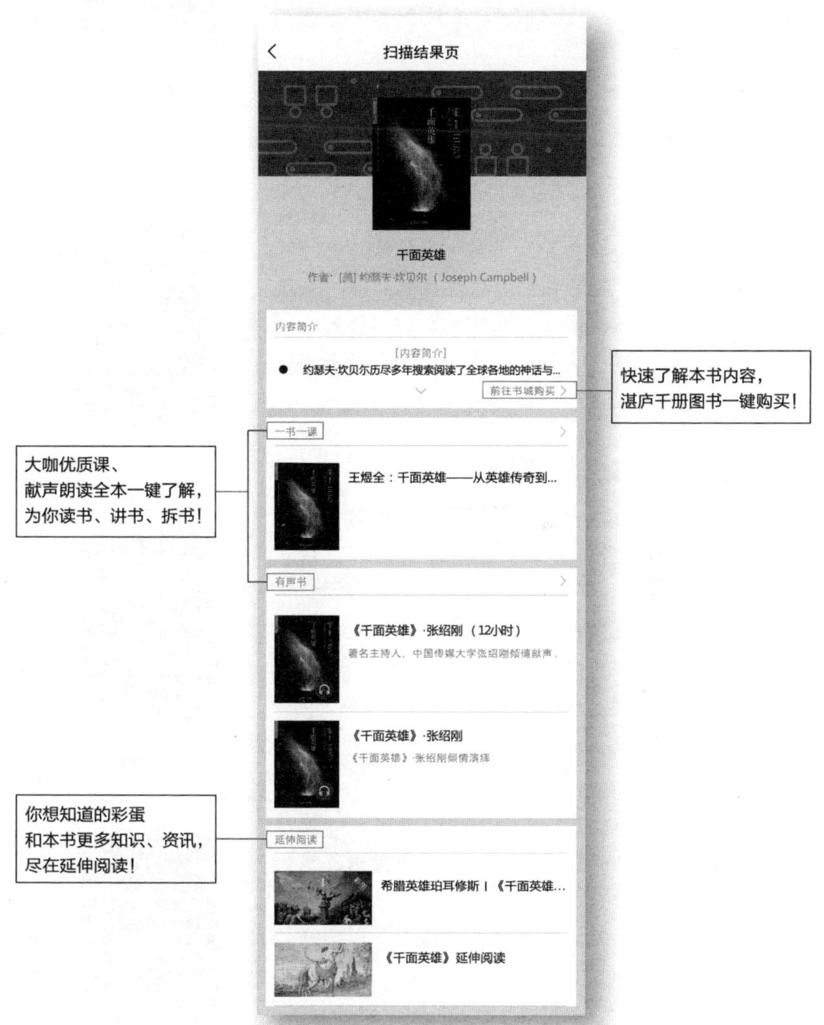

湛庐CHEERS

延伸阅读

《十二个明天》

◎ 刘慈欣、刘宇昆、尼迪·奥科拉弗等13位荣获过星云奖、雨果奖等奖项的全球科幻大师联手奉献给全人类的硬科幻小说集。

◎ 一本带你解锁未来的硬科幻巨作，比《黑镜》更离奇、比《西部世界》更引人深思！

《星际穿越》

◎ 一部媲美《时间简史》的巨著，同名电影幕后仅有的科学顾问、天体物理学巨擘基普·索恩巨献。

◎ 好莱坞导演克里斯托弗·诺兰、北京天文馆馆长朱进专文作序，欧阳自远等3大院士，李淼、魏坤琳等5大顶尖科学家，《三体》作者刘慈欣，联袂推荐。

《那些科学家们彻夜忧虑的问题》

◎ 带你认识当今世界上超一流的科学家和思想家，洞悉那些更复杂、更聪明的头脑正在思考的问题，从而开启你的脑力激荡。

◎《全球概览》创始人斯图尔特·布兰德、“虚拟现实之父”杰伦·拉尼尔、《纽约时报》《卫报》《华尔街日报》《大西洋月刊》集体盛赞！

《千面英雄》

◎ 20世纪神话学大师、拯救人类心灵的哲学家与心理学家，西方流行文化的一代宗师约瑟夫·坎贝尔奠基之作。

◎ 乔治·卢卡斯《星球大战》灵感之源。历久弥新，畅销美国65年。

图书在版编目（CIP）数据

死亡的故事 /（美）大卫·伊格曼著；李婷燕译
.— 北京：北京联合出版公司，2019.3（2024.11重印）
书名原文: Sum: Forty Tales from the Afterlives
ISBN 978-7-5596-2967-8

Ⅰ.①死… Ⅱ.①大… ②李… Ⅲ.①短篇小说—小说集—美国—现代 Ⅳ.①I712.45

中国版本图书馆CIP数据核字（2019）第038457号
著作权合同登记号
图字：01-2019-0479

上架指导：文学 / 小说集

死亡的故事

作　　者：[美] 大卫·伊格曼
译　　者：李婷燕
选题策划：湛庐CHEERS
责任编辑：李艳芬
封面设计：ablackcover.com
版式设计：李四月

北京联合出版公司出版
（北京市西城区德外大街 83 号楼 9 层　100088）
天津中印联印务有限公司印刷　新华书店经销
字数 92 千字　880 毫米 ×1230 毫米　1/32　7.25 印张　0 插页
2019 年 3 月第 1 版　2024 年 11 月第 4 次印刷
ISBN　978-7-5596-2967-8
定价：59.90 元